時空天魔

시공천마

자청 퓨전 무협 소설
FUSION FANTASTIC STORY

시공천마 4
자청 퓨전 무협 소설

초판 1쇄 찍은 날 § 2008년 9월 10일
초판 1쇄 펴낸 날 § 2008년 9월 18일

지은이 § 자청
펴낸이 § 서경석

편집장 § 문혜영
편집책임 § 유경화
편집 § 정서진 · 최하나

펴낸곳 § 도서출판 청어람
등록번호 § 제1081-1-89호
등록일자 § 1999. 5. 31
어람번호 § 제2-1574호

주소 § 경기도 부천시 원미구 심곡동 163-2 서경B/D 3F (우) 420-010
전화 § 032-656-4452 팩스 § 032-656-4453
http://www.chungeoram.com
E-mail § eoram99@chollian.net

ⓒ 자청, 2008

ISBN 978-89-251-1467-5 04810
ISBN 978-89-251-1261-9 (세트)

時空天魔

시공천마

자청 퓨전 무협 소설

FUSION FANTASTIC STORY

4 ■ 천마겁난(天魔劫亂)

청어람
도서출판

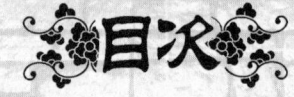

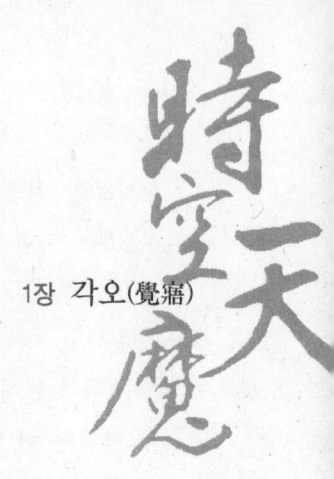

1장 각오(覺寤)

환영으로 나타나 엄중한 경고만을 남기고 사라진 이환.

짧은 시간이었지만 그가 남기고 간 것은 냉소만이 아니었다. 차가운 웃음보다 더 혼을 오싹하게 만드는 충격이 장내에 드리워진 터였다.

백 명이 넘게 있는데, 장내에는 어떤 소리도 들리지 않았다. 나한들의 크게 삼키던 숨소리마저도 이제 잦아들어 눈을 감으면 마치 어둠 속에 홀로 서 있는 기분을 느낄 정도였다.

임관홍은 심호흡을 해서 뻣뻣한 육체의 긴장을 풀어냈다. 이렇게 돌과 나무처럼 굳어 있다가는 아무것도 못하고 말 것이다.

불호조차 외우지 않는 보각과 금강나한들의 기세가 심상치 않았다. 나한이 뿜어내는 기세는 곁에 선 그녀의 피를 들끓게 만들었다. 거침없이 끓어 증발해 버릴 정도로 뜨거운 투기였다.

곧 전투가 일어날 것이 자명했다.

이 전투는 어느 한쪽이 모든 힘을 소진해야만 끝날 결전, 생사결전의 규모였다. 그리고 그 혈전의 패자가 누가 될지 임관홍은 생각하기 싫으면서도 계산을 할 수밖에 없었다.

보각과 나한.

백팔나한과 장로급의 고수.

그에 맞설, 세상이 마인이라 부르는 단 한 명의 사내.

아무리 세상이 두려워하는 마공의 주인이라고 하지만 상대도 만만치 않았다. 소림의 무승들이다. 그것도 탕마의 결심으로 하산한 절정의 백팔나한승이었다.

일인과 보각을 포함하여 일백아홉 명의 생사결!

혼자서 백구 소림승과 대적해야 한다.

참혹한 열세였다. 천중십존이라고 해도 승리를 장담할 수 없을 터였다. 그만큼 소림의 저력은 무서웠고, 금강나한들의 기세는 섬뜩했다.

'그를 도울 거야!'

그녀는 이제 망설이지 않았다.

임관홍은 옥루검의 검파를 조용히 움켜잡았다. 늦지 않게 검신은 빛을 발할 것이고, 옥빛 검극이 향할 곳은 정파의 태산이라 할 수 있는 북숭 소림사일 것이다.

소림과 싸울 것이다.

백도의 길을 걸어오고 백도의 의기를 품어왔지만, 이제 백도 정파의 아버지라 할 수 있는 소림의 앞을 막을 것이다.

세상이 반역이라고 불러 욕한다고 해도 상관없었다.

길[道]이란 사람이 걸어가는 곳. 길이 끝나는 곳에 만날 사람이 없다면 그저 미궁일 뿐. 고독한 그리움의 여정일 뿐이었다.

'마음이 원하는 대로… 일생을 신념 속에 보낸 아버지의 유지를 나도 저버리지 않을 거야. 설사 세상을 등진다고 해도 나는 그를 돕겠어!'

좋아하는 사람을 돕고 싶다.

임관홍의 마음속에는 오직 그 생각밖에 없었다.

그로 인해 어떠한 난관이 있을지 지금은 모를 일이다. 생각조차 할 수 없었고, 하기도 싫었다. 늦은 첫사랑은 그렇게 임관홍으로 하여금 모든 것을 등지고 사랑 하나만을 찾게 만들었다.

"아미타불……."

가만히 눈을 감은 보각은 나직이 불호를 읊었다.

불가에는 타심통(他心通)이라는 법능이 있다. 이것은·무공이 아니다. 깨달음으로 인해 저절로 생겨나는 능력이다.

이것으로 인해 경지에 이른 선각자는 타인의 마음을 들춰볼 수 있다. 비록 보각이 그러한 타심여반장(他心如反掌)의 깨달음에는 이르지 못했으나 타심 이전의 관심(觀心)에는 이른 상태였다.

학승으로 입산하여 풍부히 한 공부와 그것을 기반으로 수위에 오른 반야신공 때문이었다.

소림의 무공은 깨달음의 무공.

지(知)하지 못하면 지(至)할 수 없다.

그리하여 무공이 경지에 이른 고승들은 어느 정도 타심통과 비슷한 관심법을 터득할 수 있었고, 지금의 보각 또한 그 관심법으로 인해 임관홍의 내심을 추측할 수 있었다.

보각이 살펴본 임관홍의 내면은 열망으로 가득했다.

기이한 열망.

지금 임관홍의 마음이 자신들을 향해 조용히 전의를 키우고 있음은 들추어봐 알 수 있었다.

바로 자신들을 향할 검극이었다.

하지만 보각은 임관홍을 외면했다. 나한들에게 일러 공격,

혹은 나포의 명령도 내리지 않았다.

오히려 측은한 눈빛으로 임관홍을 대했다.

그 눈빛마저 거부하는 것인가. 임관홍은 고개를 돌려 그의 시선을 외면했다.

보각은 눈을 감으며 조용히 염주를 돌렸다. 염주 한 알에 그의 생각은 깊어졌다.

'임 소협은, 가련하고 불쌍하게도 그녀는 마의 미혹됨에 타락하여 진실을 덮고 망심을 밝혔다. 지금의 상황이라면 세존의 명언(明言)조차 한낱 삿된 소리로 받아들일 터. 아미타불! 마를 몰아낸다면 자연 더럽혀진 이지도 총명을 찾을 것이다.'

지난날 그가 심마에 들어 총명을 잃었듯, 지금 이환만을 생각하는 임관홍 또한 그를 죽여 마를 없애면 자연스레 번뇌경에서 벗어나리라 생각했다.

보각은 몰랐다. 꿈에도 알 수 없을 것이다.

임관홍의 총명을 흔든 것은 마심이 아닌 애심이라는 것을. 마음에서 시키는 애정은 이성 따위로 감히 제어할 수 없다는 것을.

임관홍에 대한 생각을 정리한 보각은 감은 눈을 떴다.

지금 보각에게는 단 하나의 적이 있을 뿐이었다. 그의 눈에 보이는 것은 그 하나였다.

마인.

세상을 어지럽힐 존재가 뻔히 두 눈 앞에 있는데 어찌 주저할 수 있으련가.

탕마멸사.

그 처절하고 숭고한 기치 아래에서 보각은 홀로 분신할 각오까지 되어 있었다.

죄 많은 이 몸이 감히 엎드려 용서를 구할 방법은 그 외에 달리 없지 않겠는가.

보각은 나직이 불호를 읊었다.

"아미타불……."

그의 불호에 호응하듯 백팔나한도 일제히 반장을 취하며 불호를 읊었다.

하지만 본래 자비로워야 할 불호 소리가 이곳에서 살의와 각오로 단단하게 굳은 채 울려 퍼졌다.

임관홍은 남몰래 입술을 깨물며 움켜쥔 옥루를 쓰다듬었다. 낮은 옥루의 울음이 손끝으로 전해왔다.

결코……

*　　　*　　　*

이환은 이색적으로 이른 아침에 눈을 떴다.

옛날이라면 벌써 군복이 흥건해지도록 땅을 구르고 있을 테지만, 과거로 회귀한 뒤로는 꿀맛 같은 단잠을 위한 시간일 뿐이었다.

특별한 날이라면 특별한 날일 수 있었다. 모용세가의 이름이 본격적으로 시작되는 날이니까. 눈을 뜬 이환은 이른 아침부터 부지런을 떠는 모용세가의 정경을 모니터로 가만히 바라보았다.

축하의 말을 건넬 생각은 없었다. 이것은 어디까지나 계약에 의한 관계, 계약에 의해 종속된 관계였다. 배려를 한다면 그가 등장하지 않는 것이 배려일 터이다.

좋을 것도 싫을 것도 없었다.

모용반호를 비롯해 이제는 모용세가의 식솔이 되는 산동의 괴협들과 광풍사의 마적 떼. 그들은 하나같이 들뜬 얼굴로 바쁘게들 움직이고 있었다.

모용세가(慕容世家).

직접 조각한 현판을 바라보는 모용반호의 표정이 뜨겁다.

현판이 달린 곳은 거대한 규모의 장원이었다. 크고 넓었지만 눈을 감고도 어디에 무엇이 있는지 알 수 있었다. 그 자신이, 형제들이 함께 지은 건물이기 때문이다.

"모용가주님!"

"개장을 축하드립니다."

"앞으로 잘 부탁드립니다!"

사방에서 격려와 축하가 쏟아졌다.

모용반호는 어색한 표정을 지었다.

산동이라는 큰 터전 안에서 집도 절도 없이 부평초와 다름없던 강호의 낭중이 바로 그였다. 불과 몇 달 전까지만 해도 군부의 눈을 피해 새외(塞外)로까지 나가 있지 않았던가.

그런 그에게 가문이 생겼다.

비록 그 속사정이야 따로 있었지만, 어찌 되었건 자신의 집, 자신의 가문이라는 점은 모용반호를 여러 가지 감정 속에 휩싸이게 하기에 충분했다.

"형님, 안으로 들어가시죠."

하염없이 현판을 바라보고 있는 그를 향해 풍적소가 슬쩍 다가와 언질을 보냈다.

모용반호는 조금 붉어진 눈시울을 감추며 큰 걸음으로 대문을 통과했다.

"가주님을 뵙습니다!"

그 순간, 쩌렁쩌렁한 외침이 장원을 가득 메웠다.

모용반호는 물론이고 곁에 선 풍적소와 형제들까지 깜짝 놀랄 만큼 우렁찬 외침이었다.

"무슨 일인가, 곽 형제?"

대막 광풍사의 우두머리였고, 이제는 모용세가의 식솔인 이곽이 웃는 낯으로 모용반호에게 고개를 숙였다.

"말씀 낮추시지요. 가주와 한 지붕을 덮은 식솔이 된 마당에 어찌 그토록 과한 말씀을 듣겠습니까?"

달라진 이곽의 모습에 모용반호는 당혹을 감출 수가 없었다. 분명 어제만 하더라도 어깨를 나란히 하고 월야에 대작하지 않았던가.

오늘은 마치 전혀 다른 사람이 된 모양으로 공경한 저자세를 취하고 있었다.

모용반호는 남의 옷을 입은 듯 속이 거북해졌다.

"무슨 일인가, 곽 형제? 나는 자네들에게 주인의 대우를 받고 싶지 않네. 받아서도 안 되며, 자네들은 이럴 이유가 없어."

모용반호의 음성은 이곽은 물론이거니와 마당에 길게 도열한 광풍사의 단원들에게도 향해 있었다.

"자네들이 비록 명목상으로 이 장원의 식솔 노릇을 한다고 하지만 어디 정말 그렇던가? 나 또한 본분에 맞지 않는 감투를 찬 것뿐이네. 우리가 형제인 것은 변하지 않았다는 말일세."

이곽은 고개를 저었다.

"아닙니다, 모용가주님. 대막에는 날아간 모래는 결코 같은 모습을 하지 않는다는 속담이 있습니다. 광풍사라는 모래는 이미 날아간 셈이지요. 지금 우리는 영광스러운 모용세가의 가솔일 뿐입니다."

"하지만 어찌 어제와 오늘이 이토록 다를 수가 있다는 말인가!"

이곽이 웃으며 모용반호를 응시했다.

"거야 어제는 현판이 오르기 전이 아닙니까? 오늘이 모용세가의 발족이니 저희들도 오늘부터는 가솔인 셈이지요."

광풍사의 부두령들인 이곽과 이건 또한 껄껄 웃으며 박수를 쳤다.

"대형의 말이 맞습니다. 오늘만큼은 표리부동한 인간이라 손가락질받아도 화를 내지 못하겠군요!"

"하하하! 앞으로 잘 부탁드리겠습니다, 모용가주!"

"잘 부탁드리겠습니다!"

뒤이어진 가솔들의 외침에 모용반호는 한 방 먹었다는 듯 헛웃음을 몇 번 흘리고 말았다.

곁에 선 철한이 히죽 웃으며 고개를 끄덕였다.

"형님, 이거 제대로 가업 한번 일으켜 보지 그래요?"

"가업?"

모용반호가 묻자 철한은 수중의 도갑으로 가슴을 두드렸다.

"무가의 염원이 또 있겠소? 천하쟁패지!"

탁!

"어이고, 머리야!"

철한의 뒤통수를 때린 광견화가 혀를 쯧쯧 차며 말했다.

"너는 어째 나이를 먹고도 그런 허무맹랑한 소리만 해대냐?"

"뭐가 허무맹랑한 소리람? 검을 쥔 자라면, 하다못해 떠돌이 낭인일지라도 뉘라서 천하제일인의 꿈을 꾸어보지 않겠는가! 천하제일인이 못 되면 천하제일가(天下第一家)의 꿈이라도 꿔보자는 건데!"

"말이나 못하면 밉기나 덜하지."

광견화가 코웃음을 쳤다.

하지만 그녀 또한 표정이 조금은 달라져 있었다.

천하제일가.

강호에 몸을 담은 강호인치고 천하제일의 네 글자에 가슴 뛰지 않을 사람이 누가 있겠는가. 가솔들 사이에서 잠시 침묵이 흘렀다.

어색한 침묵이었다. 도망자의 삶이 겨우 얼마 전이건만, 지금은 정착하여 천하제일의 네 글자를 거론하고 있다.

문득 모용반호는 짧은 한숨을 흘렸다. 입가에 씁쓸함이 고였다. 이 자리에 함께하지 못한 의제 황철괴가 생각난 탓이었다.

슬픔은 기쁨보다 전염이 빠른 것인가.

모용반호의 모습에 속뜻을 읽은 풍적소는 역시 입가에 지었던 미소를 천천히 지웠다.

누구보다 황철괴와 가까웠던 그가 아니던가. 정신없이 바쁘다는 이유만으로 그를 추억하는 시간이 짧아졌음을 비로소 깨달았다.

그 역시 씁쓸함에 조용히 한숨을 흘렸다. 모용세가의 편액 아래로 숙연한 분위기가 흘렀다.

문득 덜커덩 하는 소리가 울렸다. 사람들이 고개를 들어 돌아보았다. 먼지를 일으키며 한 대의 마차가 그들을 향해 달려오고 있었다.

솜씨 좋은 마부는 안정된 솜씨로 말을 세웠다.

"워워……!"

푸르릉! 푸릉!

살찐 말들은 기름진 갈기를 좌우로 흔들며 투레질했다. 따가닥거리는 말발굽 소리가 힘찼다.

"앗! 벌써 시작했구나!"

마차 속에서 낭랑한 음성이 흘러나왔다.

문이 열리고 묘령의 소녀가 모습을 드러냈다.

짤랑짤랑!

양 손목에 찬 방울 달린 팔찌가 이채로웠다.

소녀가 내린 뒤, 치천세가 뒤이어 마차에서 내려섰다.

그는 마중 나온 모용반호를 향해 포권을 취했다.

"형님, 조금 늦었습니다."

"아니다. 제때 도착한 셈이구나. 그래, 이분이……?"

모용반호의 시선이 소녀에게로 향했다.

소녀는 모용반호의 시선이 닿자, 풍적소가 입을 떼기도 전에 방긋 웃으며 귀엽게 포권지례를 취했다.

"모용가주님을 뵈어요. 소녀는 여가의 령이라고 해요. 보잘것없지만 광동을 대표해서 환영 인사를 드리겠어요."

모용반호가 푸근한 미소를 지으며 답례했다.

"감사합니다, 여 소저. 과연 동생이 일러준 대로 재기와 총명함이 혜성과 비견되는 듯싶군요. 하하하!"

여령의 눈이 정말 혜성처럼 반짝였다. 그녀는 냉큼 풍적소 눈앞에 고개를 내밀고는 물었다.

"정말 그랬어요?"

"여 소저!"

풍적소가 당황해했지만 모용반호는 천연덕스럽게 고개를

끄덕였다.

"물론입니다. 물품을 구비하러 가는 발걸음이 왜 그리도 가볍나 했더니 바로 여 소저 때문이 아닌가 싶군요."

"형님!"

풍적소의 외침과 동시에 여령은 양손으로 볼을 부여잡고 수줍다는 듯 몸을 배배 꼬았다.

"아이참."

그 모습이 앙증맞고 귀여워 모용반호는 큰 웃음을 터뜨리고 말았다.

자못 기분이 좋아진 모용반호가 소매를 펄럭일 정도의 큰 동작으로 여령을 모용세가 안으로 안내했다.

"자, 누추하지만 손님을 영빈하겠습니다. 내 아우를 붙여 드릴 터이니 이곳저곳 구경하십시오."

"감사해요, 모용가주님!"

여령은 언제 수줍어했냐는 듯 풍적소의 곁에 바싹 붙어서 방울을 짤랑거렸다.

풍적소가 안 된다는 듯 난처한 표정으로 모용반호를 바라봤지만, 모용반호는 웃음을 지우지 않고 고개를 저었다. 그로서는 항상 침착하고 사려 깊은 동생이 어린 소녀로 인해 평정심이 흔들리는 것이 짐짓 재미있는 광경이었기 때문이었다.

이런 드문 광경을 쉬이 놓아줄 수야 없지 않은가. 혹여 좋은 연으로 얽힐 수도 있는 일이니.

모용반호는 풍적소의 난처함을 짐짓 모른 체하며 안으로 들어섰다.

등 뒤로 여령의 밝은 웃음소리가 들려왔다. 이도저도 할 수 없는 풍적소는 한숨조차 마음대로 내쉬지 못했다. 한숨을 꿀꺽 삼킨 그는 밝은 얼굴의 여령에게 어색하게 입을 열었다.

"드시지요, 여 소저."

"네에~"

여령은 기다렸다는 듯 길게 대답했다. 그 밝은 모습에 가까이의 모든 이들은 '크흡' 하고 기이한 소리를 흘리며 다급히 입을 틀어쥐었다.

여령 때문은 아니었다. 그녀의 한마디 한마디에 어찌할 바 몰라 하는 풍적소의 모습이 너무도 우스웠다. 그들로서는 지금 이 자리에서 박장대소하지 않는 것만으로도 충분히 노력하는 것이었다.

그렇다고 해서 붉어진 얼굴을 틀어쥐고 끅끅거리는 모양새가 고마울 것은 또 아니었다.

'저, 저 사람들이……'

풍적소는 싱글거리는 여령의 시선을 피해 이를 갈며 의형제들을 원망스레 바라보았다.

"뭐 하고 있어요?"

"아, 아닙니다. 드시지요."

이환은 잠시 말이 없었다. 들고 있던 커피는 이미 식어 있었다.

그는 쩔쩔매는 풍적소의 얼굴을 정지 화면으로 바라보았다. 화면 속의 풍적소는 눈 아래가 붉었다. 그저 당황함 때문에 천하의 풍적소가 저리 얼굴을 붉힐 리는 없었다. 이환은 피식 짧은 웃음을 흘렸다.

나중에 놀려먹기 좋겠군.

이환은 자리에서 일어났다. 모니터의 화상 화면은 바뀌어 있었다.

그는 물었다.

"강시들의 정비는?"

─09시 33분 전원 정비 완료합니다.

무궁화의 보고에 이환은 흘깃 시계를 살폈다. 시계의 액정은 08시 34분을 가리키고 있었다. 한 시간 정도인가.

예상보다 오랜 시간이었다. 아무리 완전 정비라고는 하지만, 꼬박 하루에 가까운 시간이 걸릴 줄이야.

그래도 소림이라 이건가. 이환은 한쪽 입매를 끌어 올렸다.

이환은 습관처럼 커피를 들고 천천히 걸었다. 식은 커피에 맛이 있을 리 없었다. 하지만 이환은 잔에 가득한 커피를 단

번에 들이켰다.

"……."

이환은 혀가 갈라지는 듯한 쓴맛을 음미했다. 나가볼 곳이
있었다.

*　　　*　　　*

운해(雲海) 속을 바람이 걸어갔다.

쏴아아!

파도 소리가 난다. 물 냄새가 잔뜩 퍼진다.

호수는 언제나 지루하지 않다.

출렁.

굽이쳐 지나간 바람의 족적이 수면 한곳에 튀어나온 죽편
을 넘어뜨렸다. 물속에 잠겨 있던 죽편의 끝은 고리 모양의
바늘이 달려 있었다.

"고얀 놈, 또 먹이만 야금거렸구나."

목소리가 들려왔다. 안개가 짙은 사위는 백경(白鏡)이라 할
수 있었다. 어디를 보든 같은 모습이 보였으니, 거울에 비춰
진 것과 같았다. 그렇기에 운해 속 목소리는 어디에서 시작되
어 어디로 흐르는지 알 수 없었다.

"하지만 오늘만큼은 노부도 웃으며 봐줄 수는 없을 게다.

너와도 오늘이 마지막이니……."

다시 흘러나온 목소리는 결심에 차 있었다.

첨벙!

물 튀기는 소리가 들렸다. 뒤이어 흐르는 물결 소리가 멀리까지 이어지며 여운을 남겼다.

쏴아아!

걸어가는 바람은 소년과 같다. 흩어지는 운해는 아이가 불어버린 민들레 씨처럼 아무렇게나 구멍이 숭숭 뚫려 있었다.

그리고 그 속에 그가 있었다.

천진난만한 바람이 일궈놓은 틈새에 달관하였기에 연로한 그의 모습이 드러났다.

빛바랜 죽간을 들고 있는 그는 노인이었다. 운해와 닮은 노인이었다. 단지 그의 두발과 수염이 운해의 빛을 닮아서가 아니었다. 운해와 닮은 것은 그의 두 눈이었다. 그의 눈은 그윽했다.

신광을 번뜩이며 용맹하지도 않았고, 혜광을 일렁이며 비범하지도 않았다.

그의 눈은 특별하지 않았다. 다만 그윽하기만 했다.

그렇기에 그는 운해를 닮았다.

문득,

"허……."

자연과 하나가 되어 마치 자연의 그 일부인 양 자리를 지키고 있던 노인의 입에서 작은 탄식이 흘러나왔다.

그는 뒤를 돌아봤다.

"시간이 되었더냐?"

말하는 그의 음성에는 아쉬움이 가득했다.

"그렇습니다."

어느덧 그의 뒤에는 백색 무복을 입은 일인이 부복해 있었다. 마치 운해처럼 응시하지 않으면 느낄 수 없는 사내였다.

"음……."

노인은 수하에게서 시선을 거두고 멀리 넘실거리는 죽편을 바라봤다.

그때였다.

첨벙!

메마른 듯 고요하던 수면이 물보라를 뿌렸다.

웅장한 위용을 드러낸 한 마리의 잉어가 보였다.

비늘은 굵고 촘촘하며 색채는 찬란한 금광을 머금었다. 마치 천공을 박차고 오르는 용왕의 비등을 보는 것만 같았다.

"허허, 승자라는 게냐?"

펄떡거리는 잉어를 바라보며 주름진 노인의 눈매가 가늘게 모였다. 아쉬움이 그득히 퍼졌다.

그는 이내 고개를 저었다.

"되었다면 가야겠지."

잉어의 도약이 내려앉음과 동시에 노인은 신형을 돌렸다. 수중에 들려 있던 낡아 빛바랜 죽간은 환상처럼 사라져 있었다.

부복한 사내가 몸을 일으켰다.

한 손과 한 무릎을 지면에 붙이고 있었음에도 그의 의복에는 습기 어린 지면으로부터 한 점의 흙물도 묻어 있지 않았다.

"가자꾸나."

노인이 천천히 걸음을 옮겼다. 사내는 뒤로 물러나 허리를 굽혀 먼저 가는 그에게 존경을 표했다.

노인이 사내를 스쳐 지나가고, 사내는 숙인 고개를 들지 않고 노인을 뒤따랐다.

휘이잉.

바람은 거울에 부딪쳐 다시 되돌아 걷는다.

운해가 쓸리고 밀렸다.

노인과 사내의 모습은 운해 속에 가리어져 희미하고 아련하게 사라져 갔다.

희미해져 가는 사내의 등으로 수놓아진 천(天)이라는 문양이 보였지만, 이내 운해의 백색 속에 잠겨 아무것도 보이지 않게 되었다.

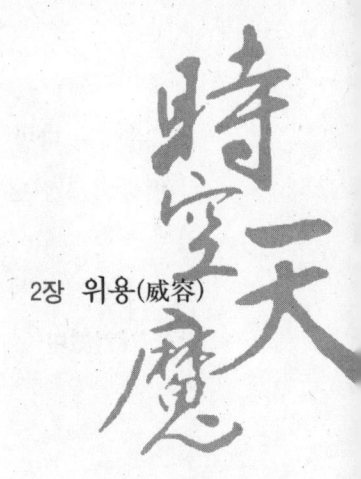

2장 위용(威容)

　이환은 천천히 걸었다. 그가 선 자리는 사방이 난장판이었
다. 반경 백 장 이내에 멀쩡한 곳이 없었다.

　무너지고 패이고.

　두서없이 내지른 막강한 경력의 흔적들이었다. 어찌 막강
하지 않을까. 천하의 소림, 그것도 금강나한의 흔적들이니.

　흔적들을 살피던 이환은 피식 실소했다. 흐릿하나마 만족
함이 있었다. 그가 중점적으로 살핀 것은 발자국이었다. 수많
은 발자국이 어지럽게 뒤엉켜 있었지만, 이환의 눈은 나한과
강시의 흔적을 순식간에 분간했다.

처음에는 다만 겉모양에 불과했던 삼백여의 발자국이 점차 백팔의 정련된 흔적들을 따라잡고 있었다. 하나의 열외도 없이.

역시 실전만 한 것은 없었다. 이환은 불과 하루 전 그날의 밤을 기억했다.

"……."

나한들의 얼굴은 하나같이 굳어 있었다.

건장한 근육이 꿈틀거리는 구릿빛 피부는 차갑게 식었고, 단호한 호목(虎目)은 파란을 머금고 있었다.

동철(銅鐵)과 같은 그들에게도 인간의 본성은 살아 있었다. 말없는 떨림, 소리없는 충격이 백팔나한들을 휘감았다.

나한들의 전면.

성난 해일과 같은 흑색 물결을 뒤로하고 오연하고 차가운 얼굴로 걸어오는 일인이 있었다.

충격은 그를, 그것들을 보고 나서다.

이환!

멀리 있지만 거리를 문제로 그의 얼굴을 못 알아볼 하수는 여기에 아무도 없다. 이환의 어깨 너머로 보이는 저 거대한 흑색 물결도 그러했다.

걸친 의복이 이환의 것과 같다. 짙은 흑 일색의 낯선 복장.

이환 하나만 해도 기이할진대 셀 수도 없는 사람이 똑같은 복장을 하고 있으니 기괴함이 더욱 가중되었다.

"나한들은 손속에 자비를 두지 말아야 할 것이다!"

그들을 바라보는 보각의 음성이 노기를 머금었다.

그에게 마란 불구대천의 존재.

마로 인해 동문을 해하였고,

마로 인해 율계를 어겼으며,

마로 인해 탐욕을 일삼았다.

'세상의 마를 멸해 다시는 나와 같은 죄인이 나오지 않도록 할 것이다!'

부릅뜬 보각의 두 눈은 단순히 각오라 하기에는 너무도 뜨거운 열기로 휩싸여 있었다.

보각은 힘을 다해 외쳤다.

"나한들은 개진하여 탕마제세(蕩魔濟世)하라!"

그의 외침이 우렁우렁 사방에 크게 울렸다. 반야심공의 담담한 연화향이 합장한 보각을 중심으로 퍼져 나갔다.

머뭇거림을 떨쳐 낸 나한들은 하나가 되어 외쳤다.

"아미타불!"

압도적인 숫자에 위축된 것도 잠시, 나한들이 움직이기 시작했다. 순식간에 거대한 기운이 그들에게서 흘러나왔다. 두터움은 금성철벽(金城鐵壁)에 못지않고, 거세기는 폭풍한설(暴

風寒雪)에 못지않았다.

하지만 그것도 잠시.

흑색 물결의 정체를 두 눈으로 확인하는 순간, 그들은 크게
흔들리지 않을 수 없었다.

생기없는 표정, 윤기 없는 피부, 곳곳에 번들거리는 은색
철판. 죽은 자와 같았다.

"사, 사자(死者)……!"

누군가의 입에서 신음 섞인 중얼거림이 흘러나왔다. 나한
들은 저도 모르게 이를 악물었다.

임관홍은 나한들과 다소 떨어져 있었다.

그녀는 어디에도 속하지 못했다.

어찌 되었건 전투는 일어날 것이고, 그녀는 국외자가 되어
그것을 지켜볼 일만 남았다. 그녀는 백도를 추구하는 무인.
정도 앞에 마도란 마땅히 멸절되어야 할 이름이다. 하지만 마
도에 이환이 있다. 그래서 임관홍은 아무것도 할 수 없었다.

'이상해……'

그녀는 한쪽으로 물러나 자신만의 공간을 만들었다. 그리
고 가만히 걸어오는 이환을 응시했다.

냉막한 표정.

조금의 감정도 엿볼 수 없었다. 처음 마주했을 때에도, 그

리고 지금도. 저 얼굴 아래에 감정이 있기는 할까.

그녀는 이환의 어깨 너머로 시선을 옮겼다. 너무 많기 때문에 멀리서 본다면 그저 육지를 뒤덮은 새카만 해일이라고밖에 인식할 수 없는 흑의인들.

'마인들… 그를 추종하는 마인들……'

흑의마인들은 누구도 이환과 비등하거나 앞에 나서지 않는다. 추종이라는 단어가 가장 걸맞게 쓰이는 장면이었다.

이환이 그들의 지존이라는 뜻.

밀려드는 마인의 앞에 우뚝 선 이환은 대체 어떤 존재인가. 나는 과연 그의 곁에 설 자격이 있을까. 임관홍의 머릿속이 고민으로 물들어갔다.

표정이라고는 없다.

회백색 눈은 죽은 듯 광택이 없다.

그들을 보고 있노라면 아주 어두운 밤 텅 빈 밀실에 홀로 갇혀 있는 것처럼 먹먹하고 불안한 느낌을 받았다.

죽은 것만 같다.

마치 시체처럼, 아니, 시체가 분명했다. 아무리 칠흑 같은 밤이라 하지만 빛이 있고, 눈이 있었다.

경지에 오른 이들이 어찌 알아보지 못할까.

"강시!"

보각은 퍼뜩 떠오른 단어를 부르짖었다.

끝이라는 단어를 외면하며 셀 수 없이 모여드는 흑의마인들은 모두 이승의 존재가 아니었다.

과연 마인이로다. 마땅히 윤회의 겁으로써 귀천해야 할 존재들을 저리 부리다니.

물론 이환의 존재 또한 용납할 수 없는 일이었다.

보각의 음성이 단호해졌다. 주저할 어떤 이유도 없었다. 보각은 벼락같이 외쳤다.

"나한대진을 개진하라!"

"여시아문(如是我聞)!"

나한들이 일시 일음으로 대답했다. 동시에 그들의 전신에서 금광이 강하게 번뜩였다.

일백팔 명의 금강나한이 펼치는 나한대진. 유구한 강호사(江湖史)를 통틀어 백팔의 나한대진이 온전히 펼쳐진 경우는 거의 없었다.

소림의 또 다른 전설인 백팔나한대진이 이 자리에서 고스란히 펼쳐지는 것이다.

바라보던 임관홍은 순간 넋을 잃고 말았다. 아무리 연정에 혼란하다 하지만 그녀 역시 검을 든 무림인.

백팔나한대진이 펼쳐지는 웅장함에 넋을 잃지 않을 수 없었다. 십수 장이나 떨어진 장소까지 나한대진의 여력이 전해왔다.

저릿한 손을 움켜쥐며 그녀는 나한대진에서 눈을 뗄 수 없었다.

"어, 어찌해야……."

그녀는 망연히 중얼거렸다. 이환이 당한다고는 생각할 수 없었지만, 그렇다고 백팔의 나한대진이 깨어진다고도 생각할 수 없었다.

백팔나한대진은 소림의 전설인 동시에 강호의 전설이었다.

무적무패(無敵無敗)의 네 글자를 누대의 세월 동안 견고히 해온 나한대진이 아니었던가.

그녀는 입술을 깨물며 발동하기 시작한 나한대진과 멀리 이환의 모습을 번갈아 바라보았다.

그때, 그녀의 눈에 이환의 비릿한 조소가 보였다. 놀랄 일은 아직 시작도 하지 않은 것이다.

이환은 나한대진의 모습과 나한들의 장엄한 외침을 듣고 가소롭다는 듯 조소했다. 짧은 조소. 그는 입가를 비튼 채 한쪽 손을 천천히 들어 올렸다.

스스슥!

나노 천마강시들이 일순간에 어떠한 대열을 갖추었다.

보각의 표정이, 나한들의 표정이 급변했다. 발동한 나한진이 일순 멈춰 섰다. 그들의 얼굴에는 불신이 뚜렷했다.

하지만 저들이 이루는 것은 분명······.

"나한진?! 어찌 나한진을······?"

보각은 부지불식간에 중얼거렸다. 여태까지의 충격과 비할 바가 아니었다.

이환의 지시 아래 움직인 나노 천마강시들의 대열.

나한들이 위치한 방위와 전혀 다르지 않다.

나노 천마강시들이 백팔나한대진에 맞서 오백사십의 나한대진으로 응수한 것이다. 정확히 다섯 배였다.

보각의 수염이 파르르 떨렸다.

"나무관자재보살! 어찌 불존의 조광이 간악한 마의 무리들에게로 넘어갔는가!"

보각은 경악을 금치 못했다.

나한진을 나한진으로 응수하다니!

믿을 수 없고, 있을 수 없으며, 믿어서는 안 되고, 있어서도 안 될 일이었다.

불신과 당혹은 곧 분노로 돌변했다.

나한들의 심중은 분기(憤氣)로 무섭게 끓어올랐다. 평상심을 유지하지 못했다. 그럴 수 있는 상황도 아니었다.

조사모욕(祖師侮辱)! 조사모욕과 무엇이 다른가.

소림의 수많은 선승들의 고심과 고행의 정화가 지금 마인의 놀잇감으로 급전직하한 것이다.

모욕이었다. 소림을 향한, 불문에 대한 더러운 조소였다. 설사 마인이 참회하여 부처의 자비 앞에 용서를 구한다 하여도 보각은, 나한들은 결코 용서할 수 없었다.

백팔의 나한들은 일제히 합장하며 힘을 다해 부르짖었다.

"보리재세 요망불번(菩提在世 妖妄不繁)……!"

"명자연화 성심세아(名字蓮花 誠心洗我)……!"

우우우웅!

경천동지할 굉음이 터져 나왔다.

"윽!"

임관홍은 다급히 귀를 틀어막았다. 꽉 누른 손바닥 힘으로 인해 귓불이 저릿저릿하게 아플 지경이었지만, 사방 천지를 요동케 하는 굉음은 실낱의 틈도 비집고 들어와 그녀의 전신을 격하게 후려쳤다.

주르륵!

임관홍의 붉은 입술로 울컥 선혈이 맺혔다.

'이것이 불문제일의 음공이라는 사자후(獅子吼) 공력인가?'

그녀는 소맷자락으로 토혈을 훔치며 급격한 동작으로 변행을 거듭하는 나한진세를 응시했다. 한줄기 소리만으로 내상을 입힌 굉음은 바로 나한진세 속에서 흘러나온 것이었다.

불문제일(佛門第一) 탕마사자후(蕩魔獅子吼).

일성에 마귀가 몸을 떨고, 일갈에 지옥이 요동친다는 소문은 과연 거짓이 아니었다.

'이럴 수가!'

그녀의 눈이 커졌다.

단지 곁에서 듣는 입장에서도 삼 일은 요상해야 할 짙은 내상을 입었다. 사자후의 음파가 직접적으로 쏘아진 대상은 피를 뿜으며 죽어도 이상하지 않다고 생각했다.

하지만 두 번이나 이어진 사자후 일갈에도 전황은 그 어떠한 변화도 보이지 않고 있었다.

'어떻게 된 일이지? 강시는 역천의 술법으로 연성된 사념의 정화! 탕마의 힘이 담긴 사자후 앞에서는 큰 손해를 입어야 마땅한데……!'

강시들.

이환의 강시들은 비호처럼 날랬고, 광룡처럼 거침없었다. 나한들이 뱉어낸 사자후가 오히려 강시들의 놀이에 있어 한 가지 추임새로밖에 느껴지지 않는다.

그녀는 직감적으로 깨달았다.

'저 강시들, 보통 강시가 아냐. 탕마의 힘도 소용없고 피륙의 파괴도 이루어지지 않아. 금강불괴, 금강불괴지신(金剛不壞之身)이야!'

그러나 분노로 눈이 먼 나한들은 그것을 깨닫지 못했다.

소림의 근본은 불도를 닦는 수양자들의 터.

하지만 지금 나한들에게 자비는 없고 선심은 죽었다.

잔악과 살심만이 가득할 뿐.

마를 죽이기 위해서는 스스로 마가 되어야 한다.

이독제독(以毒制毒) 이마제마(以魔制魔).

나한의 탄생 이유다.

소림 무예의 정화는 본래 곤(棍)에 숨어 있다.

승려들의 필수품인 선장(禪杖) 때문이다.

선장.

보행보다 먼저 땅을 두드려 곤충이 놀라 도망치게 하여 밟아 없앨 무고한 살생을 금하고자 하는 이유에서 염주나 목탁 따위의 법구와 더불어 가장 중요한 물품이다.

어디를 가든 지니고 있어야 하니 전투에서조차 뗄 수 없게 되었다.

나한들이 곤을 쓰지 않는다는 것은 선장을 버렸다는 것. 두드려 지키던 미물의 생명을 도외시한다는 것은 살생의 계율을 잊었다는 뜻과 같았다.

불법을 수호함에 생살(生殺)의 구분은 없다!

나한들이 권법을 쓰는 이유다.

그리하여 나한의 권장에서 흐르는 멸정나한권(滅情羅漢拳)은 오직 죽음밖에 찾아가지 않는다.

전권(戰圈)에 정과 마의 싸움은 어디 가고, 죽은 자와 죽이려는 자의 '죽음'만이 장내에 드리워져 있다.

한없는 사기(死氣) 속에서 이환은 홀로 서 있었다. 그야말로 죽음의 신, 사조성의 모습이었다.

이환은 차분하며 서늘한 눈매를 여전히 유지하고 있었다.

이 싸움은 나노 천마강시의 첫 번째 시연회와 같다. 머리를 식히고 눈은 맑게 하여 결점을 찾아야 했다.

'지금까지는 통제를 잘 따르고 있다. 홀로그램을 통해 익힌 화산, 무당, 소림의 무공들도 괜찮은 수준으로 펼쳐지고 있군.'

가만히 바라본 전권은 치열한 난전이다.

동인과 강시가 뒤섞여 싸우고 있었다.

우스운 것은 나노 천마강시는 동작이 크고 번듯한 초식들로 공격을 이룬다는 것이고, 나한들은 생사를 도외시한 패도적인 공격만을 일삼는다는 것. 입장이 뒤바뀐 것만 같았다.

누가 정이고 누가 마인가.

'놈들의 처우가 고민이군.'

전투는 아직도 치열한데 이환은 이미 승리자가 되어 상황을 정리하고 있었다. 하지만 결코 성급하거나 오만은 아니었다.

모든 나노 천마강시가 이환과 하나의 감각으로 연결되어 있었다.

모두가 이환이다.

죽지도 상처 입지도 않는 이환이다.

게다가 진짜 그 자신은 아직 나설 생각조차 않았다.

승리는 자명한 사실이었다.

'사살해야 하나? 그렇다면 너무 많은 피를 보게 되겠군.'

냉철, 혹은 잔인하다고 해야 할 이성은 단호히 처형을 말했다.

경고를 무시했다. 자신을 죽이려고 한다. 영토를 침입했다.

죽어 마땅하다.

하지만 이환은 눈매를 찡그렸다.

전투는 치열하지만 아직 사상자는 일 인도 없었다.

죽이고자 한다면 백팔나한, 그리고 범계광불 보각까지 모두 일백아홉 명을 죽여야 했다.

이환은 골똘히 생각에 잠겨들었다. 그사이 불길처럼 무섭게 달아올랐던 전장의 열기는 이제 가라앉기 시작했다.

제아무리 본류의 나한대진이며 금강의 나한들이라 하지만, 상대는 보통 강시가 아니었다.

나노 과학이 함께한 강시에게 한계란 없었다. 그것이 체력이든 무엇이든.

지친 나한들이 하나둘 늘어날수록 강시들의 손놀림은 보다 자연스레 진법과 초식을 펼쳐 갔다.

"…아주 좋군."

정신으로 감응하여 진을 운용하는 데에 한결 수월함을 느낀 이환은 짧게 웃으며 중얼거렸다.

단순히 좋다, 안 좋다를 논할 수 있는 단계가 아니었지만, 이환의 칭찬이 흘러나온 것은 분명 보기 드문 일이었다.

마지막 나한이 지쳐 쓰러지고, 강시들은 우악스럽게 나한의 맥문을 움켜쥐었다.

"컥! 세, 세존이시여!"

원통함에 마지막 나한은 피를 토하는 심정으로 울부짖었다. 하지만 헛될 뿐이었다. 핏발 선 나한의 눈은 이내 빛을 잃었다.

툭 떨어뜨리는 고개는 무거웠다.

두 다리로 버티고 선 자는 보각 하나가 고작이었다. 그는 홀로 십여 구의 강시들과 생사를 도외시한 맹공을 퍼부었다.

반야심공을 끝까지 끌어올린 보각의 주위로는 은은한 연화향이 맴돌았다. 하지만 향과 관계없이 보각의 얼굴은 참담함으로 일그러져 있었다.

"금강반야!"

일성을 내지르며 혼신을 다한 금강장을 떨쳤다. 막대한 경력에 서넛의 강시가 종잇장처럼 맥없이 나가떨어졌다. 범인이라면 장기가 모두 바스러졌을 막대한 경력이었다. 아니, 설사 강시라 해도 쉬이 일어날 수 있을 리 만무했다.

하지만 그들은 강호상에 전해지는 강시 따위가 아니었다.

언제 나가떨어졌었냐는 듯 가뿐한 모습으로 몸을 일으킨 그들은 다시 보각을 향해 다가섰다. 그들에게 남은 것은 오직 검은 옷에 남은 뚜렷한 손자국뿐이었다.

그조차도 점차 흐릿해져 가고 있었다.

보각의 눈이 흐릿해졌다. 막대한 공력을 쏟아낸 탓이었다.

심마에서 벗어나 반야심공의 연화경을 이뤘다 하나, 마르지 않는 샘물은 아닌 것이다.

보각은 허탈한 눈으로 가까이 다가선 강시들의 모습을 바라보았다. 그는 힘없이 눈을 돌렸다. 한구석에 나한들이 차곡차곡 쌓여 있었다.

힘을 잃고 축 늘어진 그들의 모습으로 죽었는지 살았는지
는 알 수 없었다.

이런 치욕이, 이런 무능이…….

보각은 피눈물을 삼켰다.

"쿨룩… 쿨룩……!"

허리를 굽힌 보각의 입매로 핏물이 터져 나왔다.

창백한 안색은 내상이 깊어 보이고, 흙을 잔뜩 덮어쓴 육신
은 절망이 짙어 보인다.

'결국… 다시 이렇게 패배하고 말았는가! 아아, 세존이시
여!'

보각은 질끈 눈을 감았다.

패배하였다. 마를 제압하지 못했다. 그것도 마인과 결한
것도 아니었다. 마의 노리개인 강시들과 겨룬 것이 고작이었
다. 그나마도 단 한 구의 강시도 감당치 못했으니.

어이할꼬, 어이할꼬.

살 이유가 없다.

보각은 최후의 진기를 끌어올렸다. 감응하는 진기는 홑꽃
의 씨앗만큼 작았다. 너무나도 미약한 진기. 이것으로 무엇을
할 수 있을까. 적어도 늙고 비루먹은 몸에서 혼백을 분리하는
일 정도는 간단히 할 수 있을 터이다.

"컥……!"

자결을 도모하던 보각의 얼굴로 죽음이 아닌 격통이 치솟았다. 일순간에 심맥을 끊어냈다면 고통은 없을 것이다. 통증을 느끼기도 전에 조용히 넋을 잃을 테니.

보각의 앞으로 차가운 음성이 드리워졌다. 어느 틈에 다가온 것인가. 저 멀리서 오연히 내려다보던 이환이 그의 앞에 서 있었다.

"포로에게 선택의 권리는 없다."

"……."

그 차갑고 오만한 음성에도 보각은 묵묵부답 떨어진 고개를 들지 못했다. 기경팔맥에 난입한 마기로 인해 정신을 차릴 수가 없었기 때문이다.

"죽… 여라!"

한참 만에 기식을 수습한 보각이 신음처럼 목소리를 짜냈다.

"성과 마는 같은 하늘을 이고 살 수 없다! 비록 나는 위대한 뜻을 이루지 못했지만 탕마의 의지는 영원토록 창천에 서려 마의 그림자조차… 쿨룩!"

강력한 기세가 보각을 후려쳤다.

"말이 많다."

충격에 잔뜩 찡그려진 보각의 두 눈에 흐릿한 인영의 모습이 비춰졌다.

증오와 분노, 좌절과 고통이 뒤섞인 그의 눈에 비춰진 이환의 얼굴은 무섭도록 아무 감정이 드러나지 않은 무표정이었다.

딱!

이환이 손끝을 튕겼다.

조용히 서 있던 나노 천마강시가 금강나한들을 하나씩 집어 들었다. 축 늘어진 금강나한들은 마치 짐짝처럼 나노 천마강시의 손에 들렸다. 덜렁거리는 손발이 애처롭다.

"끄으으……!"

나노 천마강시의 손안에 들려진 채 혼절한 금강나한들이 하나둘 정신을 차리기 시작했다.

자신 또한 나노 천마강시에게 짐짝처럼 들려지면서도 보각은 통탄을 금치 못했다.

금강의 의지, 동철과 같은 뼈대를 지닌 나한들이 언제 이런 나약한 신음을 흘려봤을까. 보각은 나락으로 떨어져 영겁 속에서 생살을 태우는 듯한 고통을 느꼈다. 참혹한 굴욕감이었다.

"크웩!"

시커먼 토혈이 넘쳐 나왔다.

분기를 이기지 못해 결국 울혈이 솟구친 것이다.

식도를 태우는 노화로 인해 보각은 결국 정신을 잃었다. 검게 뭉친 핏물이 더럽혀진 가사 자락을 진득하게 물들였다. 비릿한 핏물에 담담한 연화 향기는 은근함을 잃고 퇴색되어 사라졌다.

이환은 강시들이 들쳐 멘 나한들을 바라보았다. 축 늘어진 모습에서 나한의 신위는 찾을 길이 없었다. 이환은 복잡한 얼굴이었다.

그가 나한들을 동정할 리는 없었다. 그렇다고 인명의 귀중함 어쩌고 때문도 아니었다. 그렇지만 그는 고민했다. 현실적인 문제가 있었다.

이환은 눈가를 모으며 중얼거렸다.

"일단은 어디에 처박아둔다……."

곤란하게도 마땅히 생각나는 곳이 없었다.

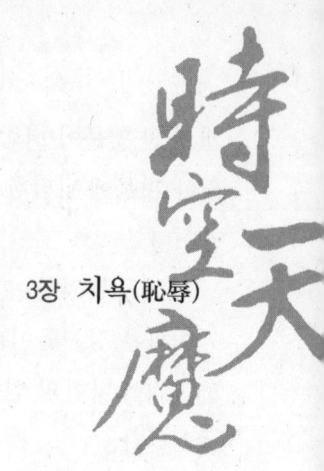

3장 치욕(恥辱)

"헛간 같은 곳에 처박아."

부름을 받고 달려나와 처음 이 명령을 들었을 때 풍적소는 이환의 음성에 짜증이 잔뜩 묻어 있음을 알면서도 다시 물을 수밖에 없었다.

"예?"

이환의 냉랭한 눈매가 그를 찔렀다.

"헛간 모르나?"

"그, 그게 아니라……."

헛간이 뭔지는 풍적소도 알고 있다. 그곳에 '처박히는' 물건이 어떤 종류인지도 모르지 않는다.

대부분이 물건이다. 농업에 필요한 도구들.

헛간이라는 공간은 사람이, 그것도 넝마 더미처럼 참혹히 망가진 부상자들이 틀어박힐 공간은 결단코 아니었다. 더욱이 그들의 정체가 북숭 대소림의 무승들이라면 더더욱 그랬다.

"불만있나?"

"아닙니다."

이환의 질문에 풍적소는 빠르게 고개를 저었다. 승리자는 자신이 아닌 이환이었다. 이의를 제기할 생각은 전혀 없었다.

곁을 스쳐 지나가는 이환을 향해 고개를 숙이던 풍적소는 뒤이어 어깨를 때리는 누군가의 손길에 시선을 돌렸다.

"오형, 우리 탁본이나 좀 뜹시다. 이거 아주 역사적인 기념거리 아니우?"

도사자 철한이었다.

그는 뭐가 그렇게 신나는지 입매로 호선을 그리며 벙글벙글 웃고 있었다. 얼굴에 화색을 넘어 희색이 만연했다.

풍적소가 쓰게 웃으며 물었다.

"즐거운 모양이구나."

"아암! 당연한 말을 하고 그러우! 천하의 소림 땡중들이 저렇게 낡은 거적때기처럼 한데 얽혀 있는 모습이라니! 캬아!

이건 돈 주고도 못 볼 일이지 않수! 과연 이환님은 박력이 넘치신다니까! 하하핫!'

호쾌한 웃음을 터뜨린 철한이 근처의 금강나한을 발끝으로 툭툭 건드렸다.

"그런데 이 녀석들은 금칠을 했나, 피부가 왜 이렇게 누리끼리하대?"

풍적소가 대답하기 전에 측면에서 다른 목소리가 대답을 대신했다.

"소림의 특수한 단골연신(鍛骨鍊身) 수련을 해서 그럴 게다. 뭐라더라? 금강동인? 뭐 그렇게 불리는 모양이인데… 어허, 철한아, 발 조심하는 게 좋을 거다. 저놈들, 너보다 열 배는 강하다고. 피부에 족적 같은 거 남겼다가 복수하러 오면 상황 뜨거워진다."

"열 배? 험험!'

철한이 슬쩍 지척의 나한승을 찌르던 발끝을 회수했다. 풍적소는 철한의 모습에 쓴웃음을 지으며 측면을 바라봤다.

그곳에 자신들을 향해 걸어오는 치천세가 보였다.

"촌장 어른과 상의해서 곳간을 쓰기로 했다. 한참 예전부터 마을의 모든 볏짐을 쌓아놓던 곳이라고 하니 백 명 정도는 충분히 가둬둘 수 있을 거다."

"우선 옮기도록 하지요."

풍적소가 산처럼 쌓인 나한을 한 명 집어 들고 재차 한 명을 더 들었다.

"푸하하! 정말 장관이로군! 천하의 소림승이 볏짐처럼 실린 몰골이라니!"

철한이 박장대소를 터뜨렸다.

풍적소는 그를 향해 가볍게 눈으로 힐난한 다음, 양쪽 어깨에서 느껴지는 육중한 체중을 견디며 성큼성큼 걸어나갔다.

"어디, 나도 한번! 끙차!"

철한도 나한승을 들쳐 멨다. 양어깨에 이어 옆구리에까지 총 네 명을 집어 든 그는 무겁지도 않은지 콧노래를 흥얼거리기까지 했다.

"규방이 형! 그림 한 방 뽑읍시다!"

"오냐! 자세 좀 취해봐라."

나한승을 짊어지려던 모규방이 철한의 말을 듣고 얼른 품 안에서 얇은 세필을 꺼내 붓 끝에 손가락을 붙이고 이리저리 철한을 가늠했다. 웃는 낯의 도둑이라 불리는 모규방의 많지 않은 장기 가운데 하나가 바로 서화였다.

"웃차! 어떻수? 항우장사 같지 않소? 제목은 소림을 손아귀에 쥐다!"

철한이 나한승을 머리 위로 번쩍 들어 올린 채 말했다. 마치 역사가 바위를 들 듯 호쾌한 모습이었다.

"음! 이거이거, 작품 하나 나오겠는데?"

모규방이 고개를 끄덕이며 연신 세필을 움직여 자세를 가늠했다. 먹이를 노리는 매의 눈빛처럼 안광이 날카로웠다.

"이봐, 모 화백. 이제 헛짓거리 좀 그만 하고 애들이나 날러! 가녀린 나까지 중노동을 해야겠어?"

한 손에 나한을 집어 든 광견화가 핀잔을 주며 지나갔다. 어색하게 곁을 배회하던 덕불이 얼른 끼어들어 광견화를 거들었다.

"그래, 아무리 그래도 기절한 분들을 가지고 너무하는 일 같아."

철한이 입매를 삐죽였다.

"동종업자라고 비호하는 거유?"

덕불은 까칠한 뒤통수를 벅벅 긁었다.

"아니, 그건 아니지. 난 파계했잖아……."

"그러면 비우화상에서 화상 떼든지!"

"그건 좀……."

"역시 동종업자였어."

철한이 단정적으로 고개를 끄덕이고, 모규방이 슬쩍 덕불에게서 물러섰다. 덕불은 축 처진 눈매를 더 애처롭게 만들며 어쩔 줄을 몰라 뒤통수만 벅벅 긁어댔다.

"돌중처럼 서 있지만 말고 어서 애들이나 날라!"

먼젓번에 짊어졌던 나한을 벌써 옮기고 돌아온 광견화가 철한과 모규방을 향해 고함을 빽 질렀다. 덕불을 비호해서가 아니라 자신은 두 번째인데 저들 셋은 아직 시작도 안 했으니 그 모습을 보고 열이 받은 것이다.

그녀의 표독스러운 눈매에 철한과 모규방은 찍소리도 못하고 얼른 나한을 짊어지고 발걸음을 재촉했다. 덕불만 계속 어색하게 서 있었다.

"뭐 해?"

광견화가 묻자 덕불은 어색한 미소만 지었다.

"그게, 아무래도 소림의 신승들을 짐짝처럼 집어 들기가 좀 그렇네."

"신승은 개뿔! 쟤네들이 뭐 대단한 놈들이면 이렇게 자빠져 있겠어? 벌써 구름 타고 돈오했겠지. 소림승도 사람일 뿐이야. 덕 오빠처럼 먹고 자고 싼다고."

덕불은 안색이 창백하게 질려서 얼른 고개를 가로저었다.

"나, 나의 소림은 그렇지 않아!"

덕불의 축 처진 눈은 소림에 대한 황홀한 꿈으로 가득해 보였다. 광견화가 고개를 설레설레 저었다.

"그런 양반이 파계는 왜 했어?"

덕불이 어눌한 미소를 지었다.

"그게… 알고 보니까 내가 출가한 사찰이 소림에서 인정받은 선종(禪宗)이 아니더라구."

"고작 그거 하나예요?"

"헉! 고작이라니? 어떻게 소림이 추구하는 선종과 다른 종파를 따를 수 있겠어? 그건 말도 안 되는 일이라구."

광견화는 입을 떡 벌렸다. 형제들의 지난 과거는 묻지 않기로 암묵적인 약속이 되어 있었기 때문에 덕불이 자신의 입으로 파계한 연유를 밝힌 것은 이번이 처음이었다.

차라리 모르는 게 낫다는 생각이 들었다.

"에휴!"

광견화는 답답한 듯 가슴을 치며 그를 지나쳐 나한을 집어 들었다. 나한을 낚아챈 그 손속이 사나워 덕불은 찔끔 자라목을 만들면서도 축 굽어진 눈으로는 연신 사지를 덜렁거리는 나한승들을 힐끔거렸다.

툭.

광견화가 집어 든 나한승의 품 안에서 염주가 흘러나왔다. 단 한 알이었다. 격전 중에 묶음이 뜯어져 나머지는 유실되고 홀로 나한의 품 안에 있다가 이번에 떨어진 것이다.

"……!"

덕불의 눈이 커졌다. 그는 다급히 주변을 둘러보았다. 다행히 이쪽을 바라보는 사람은 없었다.

덕불은 슬금슬금 염주가 떨어진 곳으로 발걸음을 옮겼다.

딴에는 남의 것을 탐한다는 부끄러운 생각에 의심을 받지 않겠다는 듯 아주 자연스러우며 은밀하게 행동했지만, 이미 주변 모든 사람들이 그와 주변에 떨어진 염주를 한 번씩 일별하고는 대수롭지 않게 시선을 지운 뒤였다.

휙!

염주 근처까지 다가가 덕불은 빠르게 그것을 낚아챘다. 전광석화가 따로 없었다.

그는 염주를 품에 안고 종종걸음으로 주변에 솟은 나무 그늘로 신형을 숨겼다.

"소림사의 염주를 가지게 되다니!"

그는 품속의 염주를 살살 쓰다듬었다. 금이야 옥이야 애지중지하는 기색이 가득했다.

"그거 비싼 거냐?"

문득 뒤에서 목이 불쑥 솟아났다. 가뜩이나 소심한 데다 염주에만 신경을 쏟고 있던 덕불은 기겁하며 화들짝 신형을 돌렸다.

모규방이 팔짱을 끼고 있었다.

"뭔데? 나도 좀 같이 알자."

덕불은 손을 저었다.

"아, 이건 그냥 염주예요."

"흥! 누가 그냥 염주를 그렇게 애지중지하게 품어? 혹시 염

주처럼 생긴 다른 거 아니야? 대환단이라든지… 대환단이라
든지…….”

모규방의 눈으로 열기가 감돌았다. 그는 타고난 도둑이었
다. 보물에 대한 집착이 대단했다. 광견화가 힐끗 지나면서
던진 '덕불이 염주를 주웠네' 하는 소리를 듣고 단숨에 어떤
추측을 하고 달려온 것이다.

'소림승이 지니고 있던 것이니 평범한 물건은 아닐 터!'

“어허! 덕불아, 형제에게까지 숨기는 거냐? 콩 한 쪽이라도
나눠 먹어야지! 일단 이리 줘봐라!'”

모규방은 덕불이 뭐라고 하기도 전에 재빨리 그의 품에서
염주를 낚아챘다. 별호에 '도(盜)' 자가 들어감을 증명이라도
하듯 찰나 같은 수법이었다.

“엇! 돌려주세요!'”

덕불이 재빨리 손을 내밀었다. 어찌나 급했던지 수영이 샘
솟으며 금나수가 전개되었다.

모규방은 뒤로 물러섬과 동시에 빠르게 빼앗은 염주를 관
찰했다.

'감촉으로 봐서는 목재 같은데, 정말 평범한 염주?'

이 와중에도 덕불은 정신없이 금나수를 전개하고 있었다.
덕분에 모규방은 길게 생각할 여유가 없었다.

'일단 접수하고 보자!'

모규방은 얼른 염주를 입 안에 털어 넣었다.

"엇!"

덕불이 비명을 내질렀다. 어떻게 획득한 소림사 염주인데!

모규방은 딱딱한 염주를 힘껏 목젖 아래로 삼키면서 덕불의 외마디 비명을 다른 의미로 해석했다.

'역시 보통 염주가 아니었군. 덕불, 저 축 처진 녀석이 이렇게까지 감정적으로 반응한 걸로 봐서 필시 대환단이 분명하다. 또 소환단이면 어때? 아무튼 중놈들끼리는 통하는 게 있구나. 도통 그냥 싸구려 염주처럼만 보이는데 말이지.'

모규방은 식도 중간에서 잘 넘어가지 않는 염주를 느끼며 배를 문질렀다.

덕불이 울며불며 호들갑을 떨어댔지만 그는 이미 대환단을 섭취했다는 생각에 뿌듯할 뿐이었다.

'곧 약효가 퍼지겠지?'

그는 슬슬 운기조식할 준비를 했다. 하지만 아무리 기다려도 명치 어귀가 답답해질 뿐 그 어떤 약효도 일어나지 않았다.

"…컥!"

돌연히 모규방이 목을 붙잡고 입매를 잔뜩 찌푸렸다. 삽시간에 얼굴이 벌겋게 변했다가 새파랗게 질려갔다. 숨통이 콱 막힌 것이다.

덕불이 다급히 그를 부축해 사정없이 등을 두드렸다.

퍽퍽!

내공을 실은 덕불의 손이 어찌나 매운지 모규방은 등이 옴폭하게 함몰되는 기분을 느꼈다. 그러는 와중에도 명치에 걸린 염주는 도통 튀어나올 생각을 하지 않았다.

모규방의 눈동자가 서서히 뒤집어졌다. 아득히 멀어져 가는 모규방의 정신으로 덕불의 성난 힐책이 들려왔다.

"그러게 왜 굵은 염주 알을 삼키고 그래요!"

'그게 진짜 염주였다니……'

모규방은 믿을 수 없었다. 고작 염주 한 알을 가지고 저렇게 애지중지하다니, 덕불의 행동을 이해할 수 없었다.

모든 것이 덕불의 맹목적인 소림사 사랑을 알지 못했기에 일어난 참변이라 할 수 있었다.

"후! 저 덩치를 어떻게 소채만 먹고 유지했을까."

치천세가 다소 숨을 몰아쉬며 팔뚝을 주물렀다. 마치 고된 노동을 한 듯 몸이 피로했다. 나한들을 옮기는 작업을 했기 때문이다.

건장함을 넘어 우락부락한 덩치를 지닌 나한들을, 그것도 의식을 잃고 축 늘어진 그들을 아무리 내공이 있다고 해도 땀 한 방울 흘리지 않고 옮겨낼 수는 없는 일이었다.

"살이 쏙 빠진 기분이야."

광견화가 손부채로 얼굴을 식히며 말했다.

그녀는 아무렇게나 쩍 벌린 다리 위치를 조금 바꾸며 힐끗 자신의 옆을 쳐다봤다.

곁에는 모규방이 죽은 듯 누워 있었다. 꼼짝도 하지 않았지만 가슴이 오르락내리락하는 걸로 봐서 살아 있는 것은 확실했다.

"그놈의 물욕은 언제 잦아들는지."

모규방의 볼에 길게 남은 하얗게 침이 마른 자국을 보며 광견화는 혀를 찼다.

추태도 이런 추태가 없었다. 의제가 주운 염주 알을 영약으로 착각하고 삼켰다가 사레가 들다니. 어디 낯부끄러워 의형제 계속하겠는가.

"덕불 오빠도 정말 주책이야. 그깟 염주 알이 뭐가 소중하다고 그렇게 품고 있었대?"

치천세가 느긋하게 하품을 한 다음 피식 웃었다.

"뭐 어떠냐? 나도 극락전이나 환희루 계집의 속곳이라면 평생 품에 안고… 험험!"

벌써부터 상상에 들어갔는지 만면에 흐뭇한 표정을 숨기지 않던 치천세가 갸름하게 좁혀진 광견화의 표정을 보고서는 다급히 입술을 닫았다. 잊고 있었는데 이제 자신은 총각이 아니었다.

"누가 들으면 제법 좋아할 거야. 그렇지?"

"커험! 험험!"

치천세는 얼른 딴청을 부렸다.

"이환님이 부르시는 거 같던데 거길 좀 다녀와야……."

"가게? 그럼 나도 잠시 누구 좀……."

광견화가 엉덩이를 들썩이자 치천세가 얼른 그녀를 붙잡
았다.

"피곤할 텐데 편히, 편히 쉬고 있어. 이 오라비가 시원한
냉수 한 사발 떠올 테니까."

"이환님이 부르신다며?"

광견화가 피식 입술을 삐죽였다.

치천세는 어금니를 앙다물고 흰 웃음을 지었다.

"우리 동생이 더 중요한 거 아니겠느냐?"

"깔깔!"

결국 광견화가 배를 붙잡고 폭소를 터뜨렸다.

광견화를 향해 낮은 한숨을 내쉰 그는 힘주어 무릎을 딛고
몸을 일으켰다.

"이환님께 다녀오마."

어두컴컴한 저녁이었다.

"우웩!"

깨어난 보각은 가장 먼저 토혈을 통해 식도에 남아 있던 핏기를 뱉어냈다. 지독한 썩은 내가 후각을 자극했다.

보각은 더러운 가사 자락으로 입가를 훔쳤다.

'이곳은 어디인가?'

사방은 어둠으로 적막에 젖어 있고, 오직 짙은 퀴퀴함이 코를 찔렀다. 보각은 사지에 어떤 금제도 가해져 있지 않음을 깨달았다. 그는 몸을 일으켰다.

휘청.

늙었지만 병들지는 않았다.

무릎에 힘이 들어가지 않음에 보각은 당황해하며 한편으로는 짐작했던 바가 맞아떨어졌음을 인정했다. 그 누가 포로에게 완벽한 자유를 방임하겠는가.

보각은 힘없는 다리로 인해 엉거주춤하게 일으킨 무릎을 다시 굽혔다. 보각은 가만히 앉아 어둠 속에서 눈을 감고 자신 속으로 침잠하여 들어갔다.

짧지 않은 시간이 흐르고, 보각은 서서히 감았던 눈을 떴다. 철옹으로 닫혀 있던 입술이 허탈하게 벌어졌다.

짐작했던 대로 그의 신체에는 한 가지 금제가 드리워져 있었다.

점혈되어 기해혈이 멈춘 상태.

진기의 운용이 금지된 상황이라고 할 수 있었다. 이리 말하면 제법 위험한 상태라 볼 수 있었지만.

"고작⋯⋯."

보각의 눈에 노기가 어렸다.

체내에 가해진 금제는 강호 삼류들에게나 통하는 얄팍한 수법이었다. 어찌 이리 얕보일 수 있단 말인가.

자신이 누구인가? 자신과 함께하는 이들이 누구더냔 말이다. 보각은 당장이라도 부르짖고 싶었다.

노기가 들끓었다.

"어리석은 것인가, 아니면 오만한 것인가?"

노하여 중얼거리면서도 보각은 답을 알고 있었다.

이환!

그가 이렇게 허투루 빈틈을 드러낼 리 없다.

이것은 만들어진 틈이다.

의지가 있고 기회가 있다면 언제라도 빠져나가 보라는 당당한 자신감!

"오만하다. 광오하다."

보각은 수치심으로 노안을 찡그렸다. 승자의 여유는 그 어떤 상처보다도 패자를 아프게 만들었다.

"으음!"

보각은 신형을 일으켰다. 여전히 힘없는 다리가 휘청거렸지만 해혈 따위는 하지 않았다. 굴종은 아니다. 패배했기에 패배자의 권리를 지킬 뿐이었다.

보각은 주변을 길게 훑어 살폈다.

어둠에 익숙해진 두 눈은 어느덧 주변을 제법 선명하게 짚어내고 있었다. 세월 앞에 육신의 노회를 막지 못하듯 그의 늙고 낡은 눈 또한 어둠이라는 세력 앞에 스스로를 낮춘 것이다.

"곳간이로구나."

창고, 혹은 헛간. 아무것도 없이 넓은 공간은 딱 그 용도로 걸맞아 보였다. 짐승의 냄새가 나지 않는 것으로 보아 축사는 아닌 것 같았다.

보각은 천천히 걸어가 벽에 손끝을 붙였다. 낡고 좀먹은 판자는 마치 밤톨에라도 찔린 듯 구멍을 송송 드러낸 채였다.

판자 너머에는 인기척이 있었다.

"하암! 지루해 죽겠어. 하필이면 짧은 심지를 뽑아가지고는!"

판자 너머에서 들린 푸념은 여인의 음성이었다.

험악하고 음산한 마인의 목소리를 기다린 보각이었다. 마의 터전에 찾아들었으니 처처에 요마가 가득할 것이라 생각했다. 하지만 쉰 듯 걸걸하긴 하지만 어디서나 들을 수 있는 평범한 여인의 목소리를 듣게 되자 그는 일순간 말을 잃고 말왔다.

대신 여인이 말꼬를 텄다.

"깨어났네. 어차피 원하는 사람은 따로 있지? 허튼짓은 하지 마. 귀찮으니까."

멀어지는 발자국 소리가 들렸다.

보각은 가만히 멈춰 섰다.

'이곳은 마굴(魔窟)이 아니던가?'

소림제일 반야신공이 수위에 이른 보각이다.

인간의 음색을 듣는 것으로도 그 사람의 인성이 어떠한지 구별할 수 있었다.

보각의 귀에 들린 여인의 목소리는 다소 거칠기는 하지만 악마의 정신에 혼을 넘긴 혼망한 자의 것이 아니었다.

마념에 물들지 않은 평범한 사람의 기질이었다.

'평범한 사람?'

그 순간, 보각의 등줄기로 서늘한 상념이 떠올랐다.

평범한 사람!

생각해 보면 이환도 그랬다.

냉막하고 무거운 기질을 지니고 있을 뿐, 누가 그에게서 세상을 두렵게 만들 대마인의 흔적을 찾을 수 있겠는가.

그는 마기를 제어할 줄 알았다.

이환이 할 수 있다면 타인도 할 수 있다. 조금 전의 여인도 할 수 있다는 뜻이다.

보각은 확고히 결단을 내렸다.

'마는 사특하다. 미혹으로 진실을 은폐하고 희롱으로 정의를 비웃는다. 이곳은 마굴이 분명하다!'

그의 생각에 화답하듯 길고 억센 소음이 정적을 꿰뚫었다.

"......!"

보각은 소음이 들린 곳으로 퍼뜩 시선을 던졌다.

낡은 나무 문이 열리고 있었다.

서서히 벌어지는 틈으로 환한 빛살이 당당하게 흘러들고, 한 사람이 천천히 걸어오는 게 보였다.

뿌득!

보각의 이가 갈렸다.

그곳에 선 자가 바로 이환이었기 때문이다.

등 뒤의 햇빛이 마치 광채를 보는 듯했다. 그래서 보각은 더욱 화가 났다. 마인에게 천지의 정광은 감히 허용될 수 없었다.

걸어 들어온 이환은 아무 말이 없었다. 가만히 서서 차분한 눈으로 보각을 응시했다.

격전을 치렀고, 소림의 자랑을 패배시켰음에도 그에게 달라진 것은 없었다. 입매에 떠오른 냉막함, 눈가에 떠오른 무심함은 마땅히 있어야 할 승자의 조롱보다 더욱 시리고 고통스러운 비수가 되어 보각을 후벼 팠다.

욱씬!

갑자기 이는 통증에 보각은 당혹함을 감추고 자신의 손을 응시했다. 핏물이 뚝뚝 흘렀다. 꽉 쥐어진 주먹은 피범벅이었다.

자신도 모르게 주먹을 세게 움켜쥐어 손톱이 살갗을 파고든 것이다.

보각은 재차 손을 움켜쥐었다.

두려운 것인가. 자신이 이리 나약했던가. 부르르 몸이 떨려왔다.

보각은 짧게나마 호흡을 골랐다. 자신의 나약함과 패배는 분명했다. 그것을 부정할 수는 없었다. 하지만⋯⋯.

"나한의 패배를 소림과 연관시키지 마라. 만겁이 흐른다 하여도 소림은 결코 마를 도외시하지 않을 것이다!"

보각은 당부했다.

패자의 외침은 아무런 의미가 없다는 것을 그도 알고 있다. 하지만 이렇게라도 외쳐야 했다.

그 누가 아닌 자신에게 증명하고 싶었다.

자신의 쓰러짐은 소림과는 다르다는 것을, 소림은 여전히 굳건하여 마종은 감히 다가설 수 없는 위대함을 우뚝 지니고 있다는 것을.

그는 믿어야 했다. 믿어야만 했다. 그래서 이렇게라도 하지 않으면 무너지려는 마음을 붙잡을 수가 없을 것 같았다.

보각에게 있어 이환이라는 존재는 넘을 수 없는 벽과 같이 거대한 위압감을 지니고 있는 것이다.

이환은 가만히 고개를 끄덕였다.

그러나 입술을 열지는 않았다.

보각도 그를 바라보지 않았다. 오직 마음속에 위치한 불심의 무변함과 소림의 굳건함에 대한 확고한 확신을 다시 확인했다.

그때였다.

"만겁이 흐른다 해도……."

조용히 침묵하던 이환의 입매가 서서히 열렸다.

그 속에서 나오는 목소리는 마치 얼음 계곡에서 밀려 나오는 한풍과 같았다.

"나를 찾아오겠다고?"

'아미타불!'

그의 자흑색이 일렁이는 두 눈을 바라보는 것만으로도 밑바닥 깊은 곳의 공황심이 커다란 포효를 내질렀다.

보각은 흔들리는 마음을 붙잡으며 또박또박 엄중한 경고를 내뱉었다.

"그렇다. 소림이 존재하는 한, 마는 결코 세상에 위치할 수

없을 것이다!'

"그렇군. 역시 그렇겠군."

이환은 싸늘한 미소를 지었다.

그 말을 끝으로 싸늘한 침묵이 내리깔렸다.

천천히 이환은 등을 돌렸다.

무방비로 노출된 그의 등을 보면서 보각은 눈앞의 허점이 아닌 이환의 미소만을 곱씹었다.

'그 웃음은 대체……?'

혼란스러웠다.

웃고 있는 것은 그의 입매뿐이었다. 섬뜩한 눈과 차가운 기세는 어디에서도 미소라는 것을 비추지 않았다.

보각의 얼굴이 참혹하게 굳었다.

이환이 무슨 생각을 하고 있는지 알고 싶었다.

한 사람의 생각이 천 년을 이어온 소림을 앞에 두고 무엇을 할 수 있으랴 싶지만, 이환은 충분히 위험한 인물이었다.

태풍을 일궈내는 나비의 날갯짓. 이환에게는 그럴 능력이 있었다. 다만 그가 일궈내는 태풍은 무참할 것이다. 무자비할 것이다.

보각은 이를 악물었다. 그러나 움직일 수가 없었다. 이환은 자신을 노려보는 보각의 시선을 무시하며 돌아섰다.

고민하지만 결국 방법은 하나, 싹을 막으려면 씨를 키우지 않으면 될 일이었다.

"그래, 씨를 키우지 않으면 될 일이지⋯⋯."

이미 뿌려진 씨는 말끔히 거두어주마. 이환은 조소를 머금
은 채 헛간을 나섰다.

*   *   *

무궁화의 선체에 한 여인이 안절부절못하고 있었다. 주변
경관의 낯섦 때문만은 아니었다. 다른 이들이라면 기함할 가
사 로봇의 등장에도 그녀는 제대로 눈길조차 주지 않았다.

지금 그녀는 불안했다. 지금 그녀는 두려웠다.

"⋯⋯."

무릎을 모으고 딱딱하게 긴장한 그녀는 앉은 소파의 이질
적인 푹신함을 전혀 느끼지 못했다.

지금 들리는 것은 자신의 심장 소리뿐이었다.

두근⋯ 두근⋯ 두근⋯ 두근⋯⋯.

흔들리는 눈동자는 애처로울 뿐이었다. 그 모습을 이환은
묵묵히 바라보고 있었다. 비록 모니터 화면이라지만, 임관홍
에게서 불안과 두려움을 읽어내는 것은 어렵지 않았다.

무궁화의 목소리가 들렸다.

─대상자의 심박수 급상승 중입니다.

이환은 생각했다. 그런 건 보고하지 않아도 보인다고. 그는 손가락을 툭툭 두들기며 생각했다.

왜 찾아온 거냐, 임관홍?

이환은 임관홍을 탓할 생각은 없었다. 어차피 그녀가 있든 없든 범계광불과 나한들은 자신을 찾았을 것이다. 오히려 시간 낭비를 줄여준 셈이지 않은가.

하지만 지금 그녀의 반응은 이환을 당혹스럽게 만들기에 충분했다.

도대체 저 여인은…….

이환은 눈살을 찌푸리며 몸을 일으켰다. 당장 그녀를 마주하고 싶은 마음은 없었다. 저렇게 불안해하는 여인과 마주해서 무슨 말을 할 수 있을까.

이환은 싸늘한 목소리로 말했다.

"방 하나 내어주고 철저히 관찰하도록."

무궁화의 대답을 이환은 듣지 않았다.

스륵.

작은 마찰음과 함께 문이 열렸다. 긴장한 임관홍은 그 소리에 놀라 벌떡 몸을 일으켰다. 다른 무엇에도 신경 쓰지 않던 그녀이지만, 누가 다가오는 기척에는 민감했다.

하지만 문 뒤에 서 있는 것은 그가 아니었다.

처음 그녀를 안내했던 검은 강시가 앞에 서 있었다. 그는 어색한 걸음으로 임관홍에게 다가왔다.

임관홍은 순간 긴장했다.

'무슨······?

앞뒤 가릴 것 없었다. 강시는 그녀의 앞에서 한쪽 손을 들어 보였다. 마치 길 안내를 하겠다는 듯한 몸짓이었다.

임관홍은 잠시 갈등했다. 하지만 그녀는 이내 입술을 꼭 깨물며 성큼 걸음을 옮겼다.

긴 복도로 뚜벅이는 소리가 울렸다. 임관홍은 새삼 놀란 눈으로 주변을 둘러보았다.

실내에 이렇게 밝은 빛이라니. 지금까지 굳어 눈치 채지 못했던 주변이 이제야 눈에 들어오는 것이었다.

그녀에게 실내등이란 고작해야 등잔불이 고작이었으니.

이런저런 생각을 할 무렵, 강시는 우뚝 멈춰 섰다. 그는 돌아선 채 깊이 허리를 숙였다. 말 한마디 없으나 임관홍은 이내 그 뜻을 이해할 수 있었다.

강시가 멈춰 선 곳은 아까와 똑같은 문이었다.

임관홍은 용기를 내어 문 앞에 섰다. 그러자 스륵 하는 소리와 함께 자동으로 문이 열렸다.

이제까지보다 환한 빛에 잠시 눈이 부셨다. 그녀는 설핏 실눈을 뜨며 조심스레 걸음을 내디뎠다.

순간, 쿵 소리와 함께 문이 등 뒤에서 급하게 닫혔다.

임관홍은 당황하여 돌아섰지만 이미 문은 닫혔다.

"이, 이봐요! 이보세요!"

문을 두들기며 외쳤지만 바깥에서는 묵묵부답이었다. 어찌 된 일일까.

그녀는 입술을 깨물었다.

문고리조차 없는 문이었다. 어찌 여는지 알 수 없었다. 그녀는 검을 움켜쥐었다. 그녀의 검기라면……. 하지만 이내 한숨과 함께 검을 놓을 수밖에 없었다.

감금… 인가…….

어쩌면 당연한 일일지도.

"뭘 기대한 걸까… 나는……."

임관홍은 어깨를 축 늘어뜨렸다. 그녀는 차가운 문에 등을 기댄 채 그대로 미끄러지며 주저앉았다.

우웅…….

그녀의 심정을 느꼈는지 애검이 나직이 몸을 떨어 울었다.

이환은 시선을 뗄 수가 없었다. 무궁화의 다른 보고는 없었다. 게스트 룸 001. 임관홍이 있는 방이었다.

본래 국빈에 준하는 손님을 맞이할 때 사용하는 방으로 특급 호텔의 스위트룸에 비해도 모자람이 없는 방이었다.

오랜 시간 동안 사용된 적 없었지만, 부지런한 가사 로봇이 꾸준히 관리해 온 터라 어디 하나 모자란 곳이 없었다.

하지만 내부의 화려함이나 편리함 따위는 지금의 임관홍에게는 전혀 눈에 들어오지 않았다.

그녀는 문 앞에 쪼그려 앉아 오래도록 움직이지 않았다.

이환 역시 모니터를 바라보며 오래도록 움직이지 않았다.

"쳇……."

이윽고 이환은 못마땅함에 짧게 혀를 차며 돌아섰다.

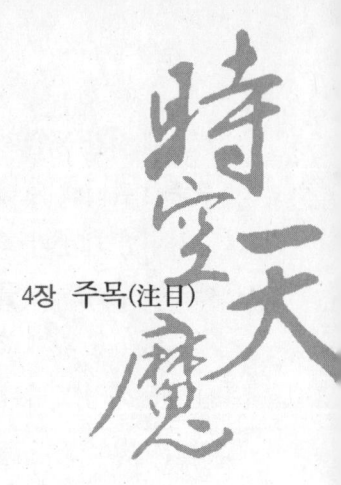

4장 주목(注目)

시간이 얼마나 흘렀을까. 아마도 하루는 족히 흐른 것 같았다. 문 너머로 누군가의 기척이 들려왔다. 임관홍은 고개를 치켜들었다. 어찌나 눈물을 흘렸던지 두 눈자위가 퉁퉁 부어 있었다.

그녀는 고개를 좌우로 돌리며 기척의 종적을 찾았다. 뚜벅이는 발걸음 소리는 바로 그녀의 등 뒤에서 멈췄다.

"……."

"……."

아무런 말도 없었다. 머뭇거리던 임관홍은 슬며시 문가에 귀를 가까이했다. 잘못 들은 것인가. 잘못 느낀 것인가. 아니, 그럴 리는 없었다.

그녀는 더욱 바짝 귀를 들이밀었다. 무슨 소리라도 들리지 않을까. 집중하기 위해 눈까지 감았다. 모든 공력이 귀로 집중되었다. 그때였다. 문 너머를 집중하던 그녀의 귀에서 스륵 하는 낮은 울림이 크게 울렸다.

무슨 소리지?

그녀는 순간 이해하지 못했다. 들어본 소리…….

"뭐 하는 건가?"

무심한 목소리가 머리 위에서 울렸다. 임관홍은 비로소 감은 눈을 뜨고 고개를 들었다. 어느 틈엔가 문은 열려 있었고, 검은 옷차림의 이환이 그녀의 앞에 우뚝 서 있었다.

임관홍은 부은 눈을 깜박거렸다.

부은 눈, 부은 눈?

"아, 안 돼요!"

임관홍은 비명처럼 소리를 내지르며 급히 얼굴을 돌렸다. 막 안으로 들어서려 하던 이환은 그 외침에 우뚝 멈춰 서고 말았다.

안 돼? 뭐가? 무슨 짓을 했다고!

이환의 냉막한 눈매가 잠시 일그러졌다. 그는 말없이 몸을 돌렸다.

"나중에 다시 오지."

"아, 아니······."

얼굴을 감싸 쥔 채 어찌할 바를 몰라 하던 임관홍은 뒤에서 들려오는 이환의 목소리에 흠칫 어깨를 떨었다. 눈치를 보듯 조심히 고개를 돌렸다.

하지만 이미 이환의 모습은 사라진 뒤였다. 문은 다시 닫혀 있었다.

임관홍은 실망하여 축 어깨를 늘어뜨렸다. 한참 동안 멍하니 서 있던 그녀는 제 손으로 머리를 콩 쥐어박으며 중얼거렸다.

"이런··· 바보······."

바깥에 선 이환은 그녀의 중얼거림을 들었다. 하지만 잠시 멈칫했을 뿐 별다른 반응은 보이지 않았다.

*　　　　*　　　　*

"어, 장 아저씨?"

"여 소저."

자신의 가명인 장오를 호명하는 여령을 향해 풍적소는 단정히 포권을 취했다. 여령도 한쪽 치마를 잡아 올리며 작게 무릎을 굽혔다. 짤랑거리며 그녀의 팔찌 소리가 청명하게 울려 퍼졌다.

"지난번 물품을 구입하시고 얼마 지나지 않았는데 무슨 일로 일찍 들렀대?"

여령이 찻잔을 내밀며 물었다. 풍적소는 그녀로부터 잔을 받아 들고 뒤이어 빈 잔에 찻물을 대접받으며 쓴웃음을 지었다.

"추가 물품을 주문하려 합니다."

"그거 반가운 소리야. 이런 일이라면 매일 들러줘도 좋다구."

여령은 빙긋 웃으며 지필묵을 준비했다.

"그래, 뭐가 얼마나 필요해?"

풍적소는 쓴웃음을 매달고 주문 내역을 말했다.

천천히 받아 적던 여령의 눈이 크게 뜨임과 동시에 작게 찌푸려졌다.

"그렇게나 많이? 혹시 우리가 납품한 물건에 문제가 있어? 그런 거라면 재주문할 일이 아니라 아예 다시 가져다줄 일이야."

"받은 물품에는 아무 문제가 없습니다. 값에 비해 훌륭한 품질이더군요."

"그런데 왜? 급한 일이 아니라면 물품 재워두는 일은 하지

마. 곧 물가가 하락할 거라는 소식이 있어. 지금 많이 사뒀자 손해를 볼지 모른다구."

진지하게 충고하는 여령의 모습은 연륜이 넘치는 대상인의 풍모가 흘렀다. 짧다면 짧은 지난 시간 동안 재기 넘치는 소녀는 많은 경험을 겪고 갈무리한 것이다.

또한 그녀의 가문은 현재 광동 상권의 가장 큰 영향력을 지닌 천금상가. 또한 안으로는 가주의 무남독녀이며, 밖으로는 차기 천금상가의 가주였다.

그런 여령의 말이라면 상품의 시세에 관해서는 거의 낭설이 없다고 해도 과언이 아니었다.

평소였다면 그녀의 말을 존중했을 풍적소이지만, 지금은 그럴 상황이 아니었다.

갑자기 들이닥친 일백 하고도 아홉 명의 식객 때문이었다.

"지금 당장 필요합니다. 뜻하지 않게 식구가 늘어서 말입니다."

"또? 이거 정말 대식구가 됐네?"

여령은 눈을 똥그랗게 떴다.

천금상가에서 모용세가를 담당하는 상수(商手)가 바로 그녀였다. 그렇기에 여령은 현재 모용세가의 가솔 숫자를 얼추 파악하고 있었다. 얼추 일백이 조금 넘는 인원. 일개 장원으로는 다소 많다고 할 수 있었다. 그런데 식구가 또 증원되었다니, 이제는 어지간한 촌락보다 많은 인원이었다.

여령이 백지 위로 바쁘게 붓을 옮기다가 문득 주문품의 숫자를 헤아리고는 고개를 갸웃했다.

"백 인분이 조금 넘네. 장 아저씨, 혹시 소림승들이 거기 가 있어?"

풍적소의 안색이 가볍게 굳었다. 그러나 빠르게 신색을 회복하고는 아무렇지도 않다는 듯 긍정의 고개를 끄덕였다. 사리에 맞지 않는 이야기로 부정을 하는 것보다는 차라리 명료하게 긍정을 하는 쪽이 나을 터이다.

"헤, 어디에 있나 했더니 모용세가로 갔구나?"

"여 소저께서도 무림의 행사에 관심이 있을 줄은 몰랐군요."

"뭐, 무림에 관심이 있어서 그러나? 이 근방에서 소림에서 나왔다는 중들을 모르는 사람은 아무도 없다구. 우락부락한 승려들이 건달패처럼 우르르 몰려다녔는데 누가 궁금해하지 않겠어? 게다가 정보는 상인의 가장 큰 힘이라는 말씀!"

풍적소는 작게 고개를 끄덕이며 우려를 표했다.

"장주께서는 개장한 지 얼마 되지 않는 장원이 시끄러워지기를 바라지 않으십니다. 소림의 이야기는 여 소저와의 개인적인 것으로 남겨주심이……."

여령은 어깨를 으쓱하며 말했다.

"나야 원래 수다 떨 사람이 없는 고독하고 과묵한 사람이라고. 아주 고독해서 낮에도 놀러 갈 곳이 없다니까."

능청스럽지만 말속에 뼈가 있다.

문득 풍적소가 어색하게 헛기침을 터뜨렸다.

"험험."

여령은 그를 바라보며 샐쭉하게 눈을 흘겼다.

풍적소는 모른 척 화제를 넘겼다.

"물품은 언제쯤 받아볼 수 있겠습니까?"

"상황이 급한 거 같은데, 그럼 이틀 안에 배송될 수 있을 거야."

"부탁드리겠습니다."

풍적소는 한시름 놓았다는 표정으로 고개를 끄덕였다. 백 명이 살던 곳에 백 명이 증가했으니 눈에 띄게 생필품이 부족했던 것이다.

아무리 명목상으로 구금되어 있는 처지라고는 하지만 살려놓으려면 밥을 안 먹일 수는 없는 노릇이 아니던가. 더욱이 낡았을망정 덮을 수 있는 이불도 있어야 했고, 저녁이면 등불도 걸어줘야 했다.

지난 며칠 동안 모용세가 내에서 벌어진 일들을 생각하며 풍적소는 힘없는 고소를 머금었다. 전혀 인질을 대하는 태도가 아니었지만, 어찌 되었건 그들은 소림사의 승려인 것이다.

목적을 완료한 풍적소가 신형을 일으켰다. 여령이 힐끔힐끔 눈치를 보다가 그를 보며 말했다.

"그냥 가게?"

"할 일이 많군요."

여령이 입술을 삐죽 내밀었다.

"쳇. 엿새 만에 와서 고작 주문이나 하고 가버리다니, 무정한 남자야."

풍적소가 난처한 표정을 지었다.

"아무래도 소림의 손님들 때문에……."

"됐어!"

여령은 귀엽게 이마를 찡그렸다. 내 천(川) 자가 깊게 골을 팠다. 묘령의 소녀가 다 늙은 듯 얼굴을 구기고 있으니 퉁명스러움보다는 귀여움만 잔뜩 묻어났다.

풍적소는 낮게 헛기침을 한 다음 슬며시 입을 뗐다.

"그러면 이틀 뒤에……."

"죽산정! 단둘이! 두 시진!"

풍적소의 말이 다 끝나기도 전에 여령이 날렵하게 끼어들어 촉새처럼 재잘거렸다. 그 단편적인 내용에 풍적소는 곤혹스럽게 눈매를 구기며 난처해했다.

"죽산정은 너무 외진 곳이지 않습니까? 근처의 기헌정에서 친인들을 대동하고 뵙는 걸로 하는 게……."

"됐어!"

여령이 고개를 픽 돌렸다. 입술이 닷 발이나 튀어나와 있었다. 턱을 모로 돌린 채로 그녀는 끊임없이 투덜거렸다.

"저러니 그 나이까지 성혼도 못했지! 어쩜 저렇게 둔할 수가 있지? 여자가 먼저 으슥한 곳으로 가자고 하는데!"

풍적소는 허탈한 실소를 머금고 말았다.

그라고 왜 눈치가 없겠는가. 하지만 노골적인 유혹에 넘어가기에는 여령과 자신의 나이 차이가 너무나 많았다. 채 피지도 않은 모란과 중년의 사내라니. 그는 자신이 없었다.

'차라리 천세 형님이었다면…….'

풍적소는 웃음을 갈무리하고 씁쓸한 눈매로 여령을 응시했다. 가만히 바라보는 그의 눈길에 여령도 모로 돌린 얼굴을 바로 하고 가만히 그를 쳐다봤다. 당돌한 눈빛이었다.

풍적소는 시선을 떼려 했지만 공간을 바르는 아교가 흘러내린 듯 눈을 뗄 수가 없었다. 두 사람 사이에 아무런 말도 없이 조용한 침묵만이 흘렀다. 얼마의 시간이 흐르는지도 몰랐다.

"후우."

시선을 먼저 거둔 것은 풍적소였다. 그는 혼란된 상념이 가득한 얼굴로 고개를 설레설레 저었다. 강호를 칼끝에서 구르

며 무수히 많은 난관과 난제를 만났지만 오늘 이 순간의 여난
만큼 힘든 일은 없었다는 생각이 들었다.

풍적소는 자리에서 일어났다.

"정각에 기헌정에서 뵙도록 하겠습니다."

여령은 대답하지 않았다.

풍적소는 공손하게 인사를 남기며 장내를 벗어났다. 장내
로 맑은 방울 소리가 들렸다. 발길을 붙잡는 것 같아 그는 다
급하다 느껴질 정도로 보폭을 빨리했다.

홀로 남겨진 여령은 깊은 한숨을 내쉬었다.

"정말 연애하기 힘들어!"

＊　　　＊　　　＊

천금상회를 벗어난 풍적소는 정문에서부터 채 다섯 걸음
을 떼기도 전에 자신에게 향한 은밀한 시선을 느낄 수 있었
다.

'셋인가? 어째서지?'

미행은 모두 세 명이었다. 뒤에서 따라오는 둘과 앞에서 유
동적으로 움직이는 한 명.

하지만 교묘하지 못했다.

풋내기였다면 모르되 풍적소는 경험만큼은 노강호급이었

다. 미행자들은 마치 고함을 지르며 따라오는 것과 다르지 않았다.

그는 자연스럽게 모용세가로 향하던 신형을 번잡한 시전(市廛:시장)으로 옮겨냈다. 얕은 수준의 미행이었지만 꼬리를 달고 모용세가로 돌아갈 수는 없는 노릇이었다.

때마침 마땅한 공간이 시야에 들어왔다.

그곳은 아주 어두운 골목 귀퉁이였다.

우드득!

날카롭게 낚아채여 꺾인 손목으로 인해 미행자의 얼굴이 고통으로 일그러졌다.

미행자는 고통스러운 와중에도 눈을 내리깔고 바닥을 응시했다. 그곳에 동료들이 드러누워 있었다.

모두 일격에 급소를 점혈당해 혼절한 상태였다.

"왜 미행했지?"

낮고 차가운 음성이 미행자의 귓가로 스며들었다.

미행자는 목소리를 듣는 순간 자신도 모르게 동공을 떨었다. 풍적소의 입에서 흘러나온 것이 온기 한 점 없이 차가운 음성이었기 때문이다.

"다시 묻기는 쉽다. 다만 그만큼 네가 살아날 가능성은 줄어든다고 생각해라."

서늘한 눈빛이 미행자를 쏘아봤다.

미행자는 마른침을 삼켰다. 지금 그의 머릿속에는 위험의
경종이 요란하게 울어대고 있었다.

겉으로 관찰할 때, 미행 대상 풍적소는 단정한 유사(儒士)
풍으로 독심과는 거리가 멀어 보였다. 그래서 완맥(緩脈)을
잡힌 다음에도 다소 여유를 부렸는데 완벽한 판단 착오였다.

"크흡!"

미행자가 불안하게 눈동자를 굴리고 있는 사이, 격통이 손
목을 타고 흘러들었다.

풍적소가 이번에는 언어의 협박 대신 손목의 완맥혈을 눌
러 고통으로 협박을 가한 것이다.

사실 이환으로 인해 많이 가려지고 있었지만, 풍적소는 예
리하고 날카로운 성정을 지니고 있었다.

독하지 않으면 장부가 아니다. 특히 산동팔괴의 일인으로
그가 뭇 형제들에게 인정을 받는 것도 바로 이런 이유에서였
다.

그는 행동에 있어 깊은 생각을 하고, 그 뒤 일단 단호하게
결심을 내린 이상은 행동에 우려를 남기지 않았다. 오죽했으
면 봉화접선이라는 별호 뒤에 출진무회(出陳無悔)라는 이름이
붙어 있었을까.

평소의 부드럽고 단정한 모습도 철저한 자기 관리가 가져

온 행동 양식이었다.

외유내강의 전형적인 사내라고 할 수 있었다.

"말, 말하겠소!"

미행자는 결국 항복할 수밖에 없었다.

풍적소는 완맥을 풀지 않고 말했다.

"정직해라. 나머지 둘도 깨워서 대조시킬 테니."

미행자는 대추씨처럼 굵은 땀방울을 뚝뚝 흘리면서 빠르게 고개를 끄덕였다.

"나는, 우리는 성호장의 무사요."

"그곳이 어디지?"

풍적소의 물음에 미행자가 일순간 멍한 표정을 지었다.

"본 장을 모르다니… 역시 타지인들이었군."

"묻는 말에만 대답하도록."

"크윽! 본 장은 다르게 성호문이라고도 불리오. 문도 수 백명이 넘고, 장주의 성명은 엽사곡인데 따로 호도추풍(虎刀秋風)이라 불리오."

"무림문파로군."

"그렇소."

풍적소는 고개를 끄덕였다. 수긍과 의문이 아직 절반씩 섞여 있었다.

"왜 나를 미행했지?"

"장주의 명령이오."

풍적소는 차갑게 웃었다.

"그 정도는 나도 안다. 그 내막을 이야기해라. 추론을 듣고 싶으니까."

미행자가 잠시 뜸을 들였고, 풍적소는 완맥에 고통을 가했다. 효과는 바로 나타났다.

"으윽! 자, 장주는 갑자기 나타난 모용세가가 무림문파가 아닌지 알아보라고 하셨소!"

빈손으로 붙잡힌 손목을 움켜잡는 미행자는 얼굴이 붉게 달아올라 식은땀을 흘려내고 있었다.

풍적소는 눈매를 가늘게 좁혔다.

'우려하던 바가 일어났군.'

성호장은 렴강 인근에선 가장 큰 세력의 무문(武門)일 것이다. 더불어 성호장의 장주는 권세가 높은 부호일 터.

가히 패자(覇者)라고 할 수 있는 그가 지근거리에 새롭게 생긴 세력을 묵과할 리 없었다. 위험할 수 있다는 생각을 했을 터이다.

그래서 쉽게 말해, 자신의 이익이 줄어들거나 빼앗길 것을 꺼려해서 수하들을 풀어 정보를 습득하고 있는 것이다.

생각을 정리한 풍적소는 흐릿한 웃음을 머금었다.

'이것이야말로 타초경사라고 할 수 있다. 본 장은 움직일

생각이 없는데 먼저 두려워해서 풀을 흔드는구나.'

모용세가는 명목상으로는 많은 식솔을 거느린 큰 장원이지만, 원래의 의의는 이환이 수배범들을 받아들이며 지은 거처이자 장가촌을 숨길 벽에 불과했다.

모든 것은 이환의 허락 아래 돌아가는 상황.

풍적소가 알기로 이환은 세상의 번잡함을 극도로 증오했다.

그런 이환을 받드는 모용세가가 분쟁을 일으키며 광동을 흔들 이유는 전혀 없었다. 흉신의 분노를 사기 위해서라면 몰라도.

풍적소는 미행자의 완맥을 놓았다.

털썩!

미행자는 힘이 풀려 자리에 주저앉고 말았다.

그를 내려다보며 풍적소가 말했다.

"가서 전해라. 본 장은 성호장과 어떠한 명분으로든 교우할 일이 없을 거라고. 이것은 장주님의 뜻이다."

말을 마친 풍적소가 천천히 자리를 벗어났다.

미행자는 그의 뒷모습을 가만히 바라봤다. 그의 표정이 떫은 감을 씹은 듯 다소 구겨져 있었다.

풍적소의 말이 사실이라면 그는 괜한 고생을 사서 한 것이 아닌가. 괜히 억울한 마음이 들었지만 이내 마음을 정리한 미행자는 쓰러진 동료들을 깨워 자리를 벗어났다.

스으윽.

모두 사라진 어둑어둑한 골목 어귀.

두 사람의 그림자가 길게 드리워졌다.

흑색의 무복에 검은 복면으로 눈만 드러낸 잠행인은 서로를 마주 보고 짧은 눈빛을 교환하더니 나타남과 동시에 구름에 안개가 섞이듯 종적도 없이 모습을 감추었다.

볕이 잘 들지 않는 골목은 다시 조용해졌다.

*   *   *

노인은 검은 장포를 걸친 채 분재(盆栽)를 손질하고 있었다. 아무런 도구도 없는 노인의 메마른 손가락이 닿을 때마다 분재의 가지가 매끄럽게 잘려 나갔다.

잘린 가지는 다시 땅에 묻으면 금방이라도 싹을 틔울 듯 생생했다.

"허, 재미있는 말을 하는군."

노인은 굽힌 허리를 펴며 말했다. 한 중년 사내가 그의 앞에 깊숙이 부복하고 있었다.

"성호장과 관계하지 않겠다라……. 모용이란 이름이 그리 드높은 것이냐, 아니면 성호장이 쓸모가 없는 것이냐?"

"수하들이 조사 중에 있습니다."

"그래, 그래."

노인은 천천히 고개를 끄덕였다. 그는 손질을 마친 분재를 높이 들어 살폈다. 혹여 손질할 곳을 놓친 데는 없는지 살피는 모습이었다.

"시기가 무르익어 가고 있습니다. 모용세가라 칭하는 자들이 혹여……."

중년인의 말을 끊고 노인이 짧게 명했다.

"성호장주보고 직접 나서라 하라."

"직접… 입니까?"

"성호장주, 제법 쓸 만한 자이기는 하나 그렇다고 내내 두고 보아줄 정도의 인물은 아니야. 신흥 무가 하나 제대로 감당치 못한다면야……."

노인은 말을 멈추고 분재를 올려놓은 손을 슬며시 기울였다. 분재는 자연스럽게 아래로 떨어졌다.

쨍그랑!

날카로운 소리와 함께 사기 파편과 흙더미가 사방으로 튀었다.

노인은 말없이 웃었다.

깊이 고개를 숙이고 있던 중년인은 흠칫 몸을 떨었다.

"더 돌볼 이유는 없지 않겠느냐."

나른한 목소리. 중년인은 노인의 이 목소리를 잘 알고 있었다. 이미 결론을 내렸을 때의 목소리였다. 중년인은 다른 말 없이 고개를 숙였다.

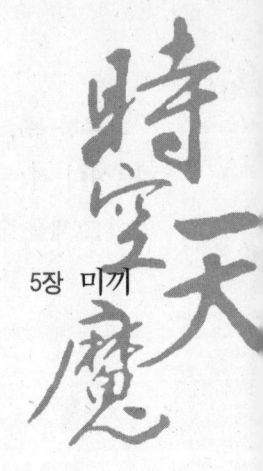

5장 미끼

거대한 광장 안에는 많은 수의 남녀가 벌거벗은 채 춤을 추고 있었다.

수치를 모르는 남녀들은 나이 또한 잊은 것 같았다.

십대의 소녀부터 삼십대의 부녀자, 어린 꼬마부터 노쇠한 늙은이까지, 벌거벗고 노골적인 자세를 취함에는 한 치의 거리낌도 없어 보였다.

"춤을 춰라! 환희를 품어라! 신을 몸속에 받아 복을 잉태하란 말이다!"

쩌렁쩌렁한 외침이 광장을 때렸다.

화려한 보석으로 장식된 단상에 우뚝 선 장년인으로부터 터져 나온 일갈함성이었다.

"오오!"

"신을 받들겠나이다!"

"복을 내려주세요!"

물속의 수초처럼 하늘거리던 여인들과 짐승을 닮은 춤을 추던 남자들이 일순간에 동작을 멈추고 장년인을 향해 경배하기 시작했다.

장년인이 늘어뜨리고 있던 장대를 힘껏 들어 올렸다. 장대는 천을 달고 있었다. 칠흑같이 검은 색의 깃발이었다.

장년인은 허공을 향해 깃발을 흔들었다. 죽어 있던 깃발이 활짝 펼쳐졌다.

펄럭!

깃발에는 붉은 글씨로 네 글자가 수놓아져 있었다.

마신종교(魔神宗敎).

"마신이시여, 부디 복락을 주시고 근심을 가져가십시오!"

"마신이시여, 부디 환희를 주시고 정신을 내려주십시오!"

간곡한 여인들의 음성이 광장을 가득 메웠다.

간절한 남자들의 음성이 광장을 가득 채웠다.

장년인은 몇 차례 흔든 깃발을 곁에 선 시위(侍衛)에게 넘긴 다음 돌처럼 굳은 표정으로 엄숙히 장내를 훑어 내렸다.

남녀들은 몸을 웅크린 채 고개를 숙였다.

수치스러워서가 아니다. 그들에게 부끄러움은 신성을 모욕하는 단어였다.

그들이 웅크린 것은 위대한 신의 대리자를 마주 볼 용기가 없어 한없이 약해진 것뿐이었다.

"주인이 미천한 종을 부르시는구나! 지금 저 지옥 연옥의 영원한 지존이신 마신종께서 내 몸에 강림하실 것이다!"

장년인은 스스로 외침과 동시에 갑자기 몸을 바들바들 떨기 시작했다.

학질에 걸린 듯 진동에 경련을 거듭하던 장년인이 문득 눈동자를 뒤집으며 좌중을 쏘아봤다. 얼굴은 우락부락하게 일그러지고, 핏줄이 이마 곳곳에 불거졌다.

"크하하하! 나 지옥을 지배하는 마신종이 인세에 강림하셨도다!"

쉰 듯 걸걸해진 장년인의 음성이 광장을 가득 메웠다.

남자들은 숨을 죽인 채 어깨를 좁히고, 벌거벗은 여인들의 하얀 살결 위로 살갗이 도드라져 튀어 올랐다.

그들은 동시에 고함을 질렀다.

"미천한 인간들의 주인이신 마신종을 배알합니다!"

"영세! 영세!"

잠시 동안 자신을 향한 배알을 즐기던 장년인이 순간 허공을 향해 손을 번쩍 들었다.

"때가 되었다!"

바위가 가라앉듯 장내가 먹먹할 정도로 조용해졌다.

장년인은 침묵 속에서 열변을 토했다.

"나의 후예가 세상에 내려올 그 시간이 되었다!"

"아아……!"

"드디어 마미륵(魔彌勒)이……!"

사람들은 감격을 감추지 못했다.

장년인의 몸을 빌려 현신한 마신이 드디어 자신의 후예를 인세로 강림시키는 것이다.

장년인이 외쳤다.

"기다려라! 내 후예가 인세에 강림하는 날, 너희 종자들은 영원히 늙지 않고 장생불로할 것이다!"

"아아! 믿습니다!"

"기다려라! 내 후예가 인세에 강림하는 날, 너희 종자들은 일생을 굶주리지 않을 것이다!"

"마신종을 따르겠습니다!"

"기다려라! 내 후예가 인세에 강림하는 날, 너희 종자들은 끝없는 환희 속에 즐거움을 누릴 것이다!"

"영혼을 바쳐 위대한 마신종을 공경하옵니다!"

장년인의 외침이 계속될수록 사람들은 목이 찢어져라 대답을 계속했다.

장년인의 눈가에 흡족함이 떠올랐다.

"너희 종자들에게 명한다!"

"받들겠습니다!"

"내 후예가 강림하는 일에 있어 모태가 되어줄 제물이 필요하다! 누가 나 마신종의 성은을 받겠는가!"

"제가 하겠습니다!"

"천녀에게 기회를……!"

"아니야! 내가, 내가 할 테야!"

여인들이 발작적으로 신형을 일으켰다.

모태의 제물. 마신종의 성은.

이게 어떤 일을 의미하고 있는지 모르는 여인은 없었다. 그럼에도 불구하고 여인들은 고기를 뜯는 짐승처럼 이를 드러내어 경쟁을 계속했다.

신의 아이를 낳을 수 있다는 것은 대단히 거룩한 임무인 것이다. 눈가에 광신이 뒤덮인 이 여인들에게는 그것이 삶의 이유이기도 했다.

장년인은 의미심장한 눈빛으로 측면에 서 있는 시위를 쳐다봤다. 시위는 작게 고개를 끄덕였다. 이미 그와는 사전에 이야기가 오간 뒤였다.

그렇기에 시위는 아주 자연스럽게 손가락을 뻗어 한 여인을 지명했다.

"아아! 감사합니다!"

지명을 당한 여인은 이제 열서넛이 되었을까 한 소녀였다. 그녀는 진심으로 기뻐하며 눈물을 그렁거렸다. 잉태의 자격은 희게 퇴색되었다.

나머지 여인들은 절반의 동경과 절반의 질투로써 소녀를 응시했다. 몇몇 남자들 사이에서도 시기심이 엿보였다.

소녀는 빠르게 앞으로 걸어나갔다. 작은 유두가 우쭐거리며 위로 솟았다.

소녀가 장년인의 곁에 도착하자 시위가 들고 있던 깃대의 천을 분리해서 소녀에게 덮었다. 추앙하는 교의 성물을 덮게 된 소녀는 좋아서 어쩔 줄을 몰라 했다.

장년인은 그 모습을 보며 묵직한 음성을 토해냈다.

"오늘의 성회(聖會)는 이것으로 파한다! 가정으로 돌아가 본연의 삶에 충실하라! 나를 믿지 않는 우매한 인간들에게 내 존재를 발설하지 말라! 그들은 내 후예의 강림 이후 축생과 같은 삶으로써 자신의 어리석음을 징벌당할 것이다!"

"위대하신 마신종의 말씀에 따르겠습니다!"

벌거벗은 남녀가 천천히 물러 나갔다.

시위조차 광장을 벗어났다. 드넓은 장내가 순식간에 비워지며 오직 깃발을 덮은 소녀와 장년인만이 덩그러니 남았다.

장년인의 눈가에 비로소 음욕이 떠올랐다.

"네 이름이 무엇이냐, 종자여?"

소녀가 대답했지만 장년인은 듣지 않았다.

어차피 그것은 아무런 쓸모가 없었다. 쓸모있는 것은 지금 보고 있는 육체뿐이었다.

그것도 단 한 번의 쓸모만 있을 터였다. 장년인이 같은 것을 두 번 쓸 일은 없었다. 적어도 마신종의 이름을 가진 뒤로는 그러했다.

"이제 의식을 시작할 것이다."

장년인의 엄숙한 말에 따라 소녀가 걸치고 있던 깃발을 단정하게 바닥에 깔았다.

그리고 조심스럽게 그 위에 드러누웠다.

어리지만 소녀는 이 의식이 어떻게 이루어지는지 아주 잘 알고 있었다. 마신종교에 귀의하면 여자 신도들은 기본적으로 접신(接神)의 체위를 교육받기 때문이었다.

소녀는 부모를 따라 마신종교에 들어선 지 채 열흘도 넘지 않았지만, 접신의 제반 상식에 대해서는 자신의 이름을 쓰는 한자 획수보다 더 잘 기억하고 있었다.

"성약을 먹거라."

장년인이 손바닥을 내밀었고, 소녀는 그 위에 놓인 작은 환약을 들어 입에 집어넣었다. 성약이라 불리는 이 환약은 마신종의 축복을 받은 신도만이 먹을 수 있는 귀한 것이었다.

소문 때문이 아니더라도 소녀는 감탄하고 말았다.

환약은 입에 넣는 순간, 혀가 그것을 느끼는 순간, 한줄기 계류처럼 혀를 타고 식도로 넘어가 버렸다.

그 느낌이 어찌나 달콤하던지 소녀는 순식간에 입 안에 침이 가득 고이고 말았다. 이런 맛이라면 매일 먹어도 싫지 않을 것이다.

성약은 과연 맛 외에도 비범한 구석이 있었다.

물처럼 흘러든 지 촌각도 지나지 않아 복용한 소녀의 신체에 변화를 일으키기 시작한 것이다.

"뜨, 뜨거워요."

소녀의 전신이 붉어졌다. 소녀는 어찌할 바를 모르고 몸을 떨었다. 열기가 몸을 태우는 것만 같았다. 진한 갈증도 느껴졌다. 입 안에는 계속 달콤한 성약 맛이 맴돈다.

"접신이 이루어지는 단계다. 걱정하지 마라."

장년인이 관람하듯 소녀에게 말했다. 어느덧 그의 눈은 음욕으로 짙게 흐려지고 있었다.

장년인은 그렇게 잠깐 동안 소녀를 지켜봤다. 드러난 여체는 아직 설익었지만 장년인의 강력한 눈길을 느끼듯 뜨겁게 달아오르고 있었다.

이윽고 장년인이 서서히 소녀에게 다가갔다. 성약의 약효가 확실하게 퍼질 때까지 기다린 것이다. 그래야 장년인이 원하는 바를 얻을 수 있었다.

성약의 정식 명칭은 환희섭령환. 음기를 상승시키는 약효와 함께 짙은 최음 성분이 포함된 춘약이었다.

붉은 잉어처럼 펄떡이는 소녀를 바라보는 장년인의 눈빛이 음험하게 빛났다.

"신치고는……."

장년인이 서서히 본격적인 작업을 시작하려던 때다. 그 순간, 아무도 없어야 할 광장 어느 부분에선가 나직하고 느릿한 음성이 흘러나왔다.

"너무 치졸한 수법이군."

장년인은 흠칫 놀랐다.

마지막 음성은 바로 자신의 등 뒤에서 흘러나왔기 때문이었다. 말이 이어지는 동안 귀신같은 움직임으로 배후를 점한 것이다.

"교주 네 덕분에 조금 귀찮게 됐다. 물론 책임은 지겠지?"

뒤에서 흘러나온 음성은 무척 싸늘했다.

장년인은 본능적으로 자신에게 호의를 지니고 있지 않음

을, 아니, 충분한 적의를 지니고 있음을 판단했다.

당황했던 표정도 잠시, 장년인은 쉰 듯 걸걸한 목소리를 만들며 짐짓 준엄한 노성을 뱉어냈다.

"누구냐? 감히 본 마신종에게 이토록 불손한 행동을 하다니! 네놈은 정녕 연옥의 망화에 사지를 태우고 싶은 모양이로구나! 말해보라! 정녕 죽고 싶으냐!"

장년인이 예의 신의 위엄을 흉내 내자 바람이 대답했다.

휘익!

날카로운 파공성.

"……!"

장년인은 그대로 앞으로 몸을 굴렸다.

물론 완벽한 회피는 아니었다.

"크윽!"

상처가 남았다.

등줄기로 선혈이 콸콸 흘렀다. 등의 살덩이가 적어도 한 뼘 이상은 저며진 것 같았다.

장년인은 손이 닿지 않는 등의 상처를 만지려 애쓰며 몸을 크게 떨었다.

꿈틀거리는 장년인의 뒤에는 이환이 서 있었다.

이환의 눈매로 이채가 떠올랐다.

정말 아무것도 아닌 힘으로 출수했다고는 하지만, 평범한 자가 피해낼 수 있는 속도가 아니었다.

분명히 도수의 도풍을 피해낸 실력은 무공에 있었다.

"무림인이군."

이환이 질문했지만 장년인은 대답하지 않았다. 입을 열 시 간조차 없다는 듯 야수처럼 이환에게 달려든 것이다.

이환은 자신에게 덤벼드는 장년인의 양수로 녹색이 일렁 거리는 것을 분명히 확인했다.

쏴아악!

장년인의 양수가 이환을 긁었다. 하지만 이환의 신형은 마 치 운무처럼 흩어지며 허공에서 분해되었다.

그와 동시에 환상처럼 장년인의 후면으로 이환이 생겨났 다. 이형환위였다.

퍽!

장년인의 명문혈 부근으로 단단한 군홧발이 틀어박혔다.

"커억!"

장년인의 입으로 핏물이 왈칵 쏟아졌다.

그의 눈에 두려움이 치솟았다. 이번 등을 때린 공격으로 체 내에서 둔탁한 소음을 느꼈다.

고통이 지독했다. 척추가 부러지거나 그에 준하는 상처를 입은 것 같았다.

"배후는?"

자신의 발치에 피에 절은 사내가 있음에도, 그 피를 자신이 만들어낸 것임에도 이환의 음성에는 변화가 없었다. 여전히 냉막하고 무미건조했다.

장년인은 이환의 음성을 통해 그가 무척 잔인하고 냉혈한 인물임을 깨달았다. 그렇지 않고서는 상처가 위중한 곳을 다시 공격할 리가 없었다. 고통과 제압을 동시에 이룬 것이다.

"쿨럭쿨럭! 너는 누구냐?"

"질문은 내가 한다."

이환은 무감정한 눈빛으로 장년인을 응시했다.

장년인은 무의식적으로 이환과 눈을 마주했다. 그리고 찰나도 되지 않아 황급히 눈을 떼고 자신의 행동을 후회했다.

'무, 무슨 사람의 눈이 저렇게 오싹할 수가!'

장년인은 눈앞이 빙글빙글 도는 것만 같았다. 소름이 돋았고, 욕지기가 치밀었다. 뼛속 깊은 곳에 얼음 알갱이가 틀어박힌 듯 한기를 참을 수가 없었다.

단지 이환의 눈을 정면으로 마주했기에 일어난 현상이었다.

이것은 이제 이환이 평범한 무인을 벗어나 범인들과는 확연히 다른 경지에 올랐음을 알려주는 하나의 예였다.

패왕은 오롯이 존재할 자격이 충분한 것이다.

이 존재감은 단지 대면하는 것으로도 효과를 보지만, 특히 눈과 눈을 마주하게 되면 더없이 충분한 위력을 지닌다.

모두 말하지 않던가. 눈은 마음의 창이라고.

창에 드리워진 허술한 자물쇠 따위는 이환의 존재감 앞에 아무런 문제가 되지 않는 것이다.

장년인이 겁에 질린 것도 이환의 존재감이 눈을 통해 스며들어 장년인이 연성한 무공을 굴복시켰기에 그러한 것이었다.

보각과 나한들이 구금당한 상태에서도 분기를 반기로 이어갈 수 없었던 것도 바로 이환의 존재감에 굴복당했기에 그러한 것이다. 그들은 인정하지 않겠지만 말이다.

"배후에는 누가 있지?"

이환의 물음은 낮았지만, 마치 거대한 범종이 울린 것처럼 장년인의 뇌리를 흔들었다.

문득 이환이 뒤로 한 걸음을 물렀다.

"쿨럭!"

동시에 장년인이 돌연 피를 게워냈다. 핏물이 불과 얼마 전까지 군화가 디뎠던 곳으로 뿜어졌다.

이환은 잠시 자신의 군화를 바라본 다음, 장년인에게로 시선을 돌렸다.

그의 안색이 창백했다. 외상에 이어 이환의 절대적인 존재감으로 인해 공포심이 생기자, 심화가 생겨 내상을 만든 것이다.

그때였다.

이어폰이 음성을 토해냈다.

—이환님, 모용세가를 향해 무기를 소지한 다수의 인원이 접근하고 있습니다. 보폭과 신체 검색 결과 무림인으로 추정됩니다. 예상 접근 시간 16분. 방어 시스템의 가동을 허락해 주십시오.

이어폰에서 들리는 무궁화의 보고를 들으며 이환은 힐끗 아래를 내려다봤다.

장년인은 축 늘어져 있었다. 결국 기절해 버린 것이다.

이환은 잠시 생각한 다음 장년인을 향해 손을 뻗었다. 그의 손에서 흘러나온 기운으로 인해 장년인의 축 늘어진 신형이 허공으로 둥실 떠올랐다.

허공섭물로 장년인을 들어 올린 이환은 곧장 신형을 돌렸다.

곁에는 아직도 춘약에 중독당해 괴로워하는 소녀가 있었지만 그는 눈길조차 주지 않았다.

소녀는 광신도.

그녀는 선명한 정신으로 춘약을 삼켰다.

모든 것이 소녀의 의지가 이루어낸 결과였다.

돕고 감쌀 이유는 없다. 소녀를 돕는 것은 그녀가 믿어 의심치 않는 마신이나 할 일이다.

이환은 짙은 비웃음을 흘렸다.

"적어도 흉신 사조성이 관여할 일은 아니지."

이환은 정신을 놓은 장년인을 허공중에 띄운 채 걸음을 옮겼다.

광장을 벗어나기가 무섭게 사방에 불이 밝혀졌다. 아직 떠나지 않은 신도들이었다. 사방을 경계하고 있었던 듯 그들은 날카로운 눈으로 이환을 향해 달려왔다. 하지만 그들은 곧 자신들의 교주의 모습에 그만 얼어붙고 말았다.

이환은 무감한 눈으로 그들을 쓸어보았다. 그 눈빛 앞에서 마신종의 신도들은 급히 무릎을 꿇었다. 마신종이란 광신에 취한 그들이 달리 생각할 수 있는 것은 없었다.

"마, 마신이시여… 마신이시여……!"

그들의 간절한 경배가 넓은 장내를 가득 채웠다. 하지만 이환은 싸늘하게 웃을 뿐이었다.

마신, 마신이라고?

우스운 일이었다.

"누가 나를 마신이라 칭하는가?"

작은 목소리. 하지만 실린 살의는 충분했다. 아무리 신의 광기에 물든 이들이라 할지라도 이환의 살의에 버틸 수는 없었다.

이제껏 황홀경에 빠져 엎드려 있었다면, 단 한순간 그들은

죽음이라는 공포 앞에 더욱 납작하게 엎드렸다. 숨조차 쉴 수
없었다. 이환은 싸늘한 눈으로 조소했다.

"이 몸이 한낱 마신 따위로 보인단 말인가?"

"그, 그럼… 존체는 누, 누구십니까……?"

수염이 허연 노인이 질린 눈으로 물었다. 이환의 눈에 이채
가 흘렀다. 살의 앞에서 고개를 들어 묻는다라……. 평범한
노인이 할 수 있는 일이 아니었다. 하지만 아무래도 상관없었
다.

이환은 더욱 싸늘하게 말했다.

"너희 인간들은 이 몸을 흉신 사조성이라 부르지."

"흉, 흉신……."

"신은 너희 입맛에 맞추는 존재가 아니다. 무어라… 근심
을 가져가고 복락을 내려달라 했더냐?"

"ㄱ, ㄱ것은……."

노인의 눈에 큰 두려움이 일었다. 이환의 말투, 이환의 기
세, 그보다 이환의 말뜻을 파악한 탓이었다.

"흉신이 인간에게 내려줄 것은 오직……."

"시, 신이시여! 자비를!"

이환은 잠시 말을 멈췄다. 노인이 쿵쿵 바닥에 머리를 찧어
가며 자비를 구했다. 과장된 행동. 하지만 이환은 비릿한 조
소를 지우지 않았다.

그는 한쪽 손을 천천히 들어 올렸다. 그 작은 동작에 모든 사람의 시선이 모였다.

이환은 손을 치켜든 채 한 자 한 자 천천히 말했다. 그는 주먹을 움켜쥐었다.

"흉신이 너희에게 내려줄 것은 오직 패망(敗亡)뿐이니라."

"끄어어어억!"

처절한 비명이 터졌다. 정신을 놓은 채 허공중에 떠올라 있던 교주의 몸이 단숨에 부서져 나가기 시작했다. 붉은 피가 솟구쳤다. 고통에 퍼뜩 정신을 차린 그는 처절하게 울부짖었다. 애원했다.

"끄엑! 사, 살려! 살려······!"

하지만 애원은 이어지지 않았다. 순식간에 다져진 어육과 다름없게 되어버렸다.

이제껏 마신종의 대리인을 자처하며 뭇 경배를 받아왔던 이치고는 실로 처참하고 처참한 최후였다.

끔찍한 광경에 사람들은 부르르 몸을 떨었다. 이환은 그들을 바라보며 조소했다.

"마신을 경배한다 하지 않았느냐? 마신은 죽음을 먹는 존재. 네놈들의 죽음으로 경배하라. 이 흉신께서 친히 도와주마."

"으어억!"

"아아악!"

이환의 싸늘한 조소에 마신종의 신도들은 비명을 내지르
며 도망쳤다. 광기의 부재(不在)는 더욱 큰 공포가 되어 그들
을 덮쳤다.

이환의 한마디에 뭇사람들은 비명을 내지르며 도망쳤다.
자리에 남은 것은 오직 노인 한 사람뿐이었다.

그는 굽은 허리를 펴며 이환을 노려보았다.

"…귀하는 누구시오? 누구이기에 감히 본 장의 일에 개입
하는 게요?"

배후는 스스로 모습을 드러냈다.

이환은 눈 아래로 노인의 모습을 내려다보았다. 노인은 그
시선에 움찔하며 물러섰다. 사람의 눈이 어찌 저리 차가울 수
있단 말인가.

"이미 말하지 않았더냐."

"흉신 사조성?"

노인은 멍하니 되뇌었다.

이환은 크큭큭 짧게 웃었다. 짧은 조소에 불과했으나 그 웃
음소리에 노인은 가슴이 진탕되는 것을 느꼈다.

"어디서 사술을!"

노해 부르짖었으나 그에게 이환을 향해 달려들 간담은 없
었다. 그는 가슴팍을 움켜쥔 채 주춤주춤 물러섰다.

상대를 잘못 건드린 듯했다. 그가 사조성이니 흉신이니 하는 것을 믿을 수는 없었다. 하지만 적어도 자신이 상대할 수 없는 존재임은 분명했다.

성호문 제삼호법. 그것이 노인의 직책이었다. 그러나 성호문에 몸담은 것은 어디까지나 지엄하신 주군의 명을 따른 것일 뿐이었다.

비록 널리 무명(武名)은 떨치지 못했으나 노인은 강호의 누구와 겨룬다 하여도 한 치의 두려움도 없었다. 누구든 감당할 수 있다는 자신이 있었다.

그것은 추호의 과장도 과소도 없는 냉철한 평가였다. 그런 그가 이제 겨우 약관에 이른 듯한 청년의 기도에 처참하게 짓눌리다니.

흔들리는 노인의 눈을 읽은 이환은 입가의 조소를 지웠다.

깊이 관여할 생각은 없었다. 굳이 피를 볼 생각 역시 없었다. 하지만 눈앞의 노인은 달랐다.

그가 무슨 생각을 하는지 뻔히 보였다.

"갈!"

노인은 갑작스레 대갈일성을 터뜨리며 치렁한 소매 속에 움켜쥐고 있던 수십 개의 비침을 떨쳤다. 비침의 하나라도 이환에게 닿을 것이라고는 생각지 않았다.

사람을 허공섭물로 들어 올릴 뿐만 아니라 산 채로 짓이겨

버린 자다. 이딴 잡기로 어찌할 수 있을 리 없었다.

다만 잠시의 틈이라도 벌기를 기대할 뿐이었다.

이환은 그저 손을 한 번 흔들었다. 그의 앞에서 비침은 멈춰 섰다. 하나, 둘……. 정확히 여든여덟 개의 비침이었다.

노인은 확인도 않고 도망치고 있었다. 이환은 손가락 하나를 내밀어 비침을 튕겼다. 그에게는 그 하나도 과할 정도로 충분했다.

작은 파공음이 귓가에 닿기가 무섭게 노인은 달려가던 기세 그대로 앞으로 고꾸라졌다. 다시는 두 다리로 움직이지 못하리라.

이환은 한쪽 손을 뒤집었다. 그러자 정신을 놓은 노인의 신형이 둥실 떠올랐다. 그 상태로 이환은 걸음을 옮겼다.

"시간이 얼마나 남았지?"

이환이 물었다.

이어폰으로 무궁화의 음성이 들렸다.

─10분 23초 남았습니다.

늦지는 않겠군. 이환은 늘어진 노인을 내려다보며 한쪽 입가를 일그러뜨렸다.

모용반호는 한숨을 흘렸다. 언젠가는 겪어야 할 일이라 생각했다. 하지만 이렇게 빠르게 일이 벌어질 줄은 미처 생각지 못했다.

장원을 열고 겨우 달포나 지났던가.

벌써 외부와의 충돌을 준비해야 하다니. 이환의 말이 틀릴
리는 없었다. 하지만 성호장이라…….

다른 곳도 아니고 토박이의 문파를 상대한다는 것은 쉬운
일이 아니었다. 전부 죽일 수도, 그렇다고 죽이지 않을 수도
없었다.

모용반호는 깊이 고심했다.

"형님."

굳은 낯의 풍적소가 급히 그에게 다가왔다.

"어찌하면 좋겠느냐?"

모용반호는 어두운 얼굴로 풍적소에게 물었다.

"이환님께서는 다가오는 자의 수는 열다섯. 그중에서 열은
상승의 고수로 저희들로서도 감당하기 쉽지 않을 것이라 하
셨습니다."

"으음…….'"

모용반호는 침음했다. 상대의 속셈이 뻔히 읽히는 순간이
었다. 굴종이냐, 전멸이냐. 상대는 그것을 원하고 있었다.

보나마나 다가오는 이들은 그곳에서 손꼽히는 자들일 것
이다. 무가를 복속시키는 데에 가장 유리한 것은 개인의 무력
으로 굴복시키는 것이었다.

그만큼 자신이 있다는 소리이기도 했다.

모용반호는 뒤를 돌아보았다. 의제들과 이제는 한식구나 다름없는 광풍사의 세 두령이 긴장된 낯으로 자신을 바라보고 있었다.

뭐라 하더라도 저들을 대표하는 것은 자신이었다. 그는 잠시 눈을 감았다.

갖가지 상념이 눈앞을 스치고 지나갔다. 유리걸식하며 근근이 생목숨을 이어가던 어린 날.

생각지 못한 기연을 얻어 고련을 거듭하던 시절.

그리고 강호로 나와 의제들과 함께 강호를 질타하던 시절.

어느 것 하나 버릴 수 없는 귀중한 추억들이요, 기억이었다. 그 끝에 정착한 모용세가였다.

쉽게 내줄 수도, 쉽게 무릎 꿇을 수도 없었다. 모용반호는 문득 한쪽 입술을 비틀어 올렸다. 무엇보다 뒤에는 신인이 있지 않은가.

"형제들."

모용반호는 고개만 뒤로 돌려 늘어선 이들을 바라보았다.

미소 지은 모용반호의 얼굴에서 결의를 읽은 그들은 곧 씨익 웃었다. 다른 말은 필요하지 않았다.

성호장주 엽사곡은 마뜩치가 않았다. 광동 일대의 제패를 위해 오랜 세월 공을 들여왔다. 한데, 뜬금없이 목전에 모용세가란 곳이 턱하니 나타났다.

뚝딱일 때에는 돈 많은 졸부가 장원이라도 짓는가 하며 가벼이 여겼건만, 막상 장원이 지어지고 모용세가라는 현판이 크게 걸렸을 때, 뒤늦게 장원의 모든 식솔이 상당한 수준의 무공을 익혔다는 말을 듣고는 얼마나 뜨악했던가.

그렇다고 이 밤을 쫓아 모용세가를 향해 직접 움직이는 것도 정말 마뜩치 않았다.

장주의 체면이 있지.

하지만 도리가 없었다. 직접 움직이라 하시는데 어찌 넋 놓고 있을 수 있단 말인가.

무림 제패도 아니고 광동 제패라는 그의 소박한 꿈을 이뤄줄 분의 말이었다.

그렇지 않아도 껄끄러운 곳이었으니…….

그는 스스로 다독였다. 어찌 그분 앞에서 싫은 기색을 보일 수 있겠는가.

불경이지. 아무렴, 불경이고말고. 가라면 가고 가지 말라 하시면 가지 않으면 그뿐이었다. 맹목적인 충심이라 할 수 있으나 지금의 성호장의 길을 밝혀준 분이니 어찌 의심할 수 있을까.

엽사곡은 호도추풍이라는 별호를 안겨준 적호도의 도병을

움켜쥐며 크게 걸었다.

모용세가가 멀지 않았다.

"응?"

엽사곡은 문득 멀리 밝힌 불빛에 걸음을 멈췄다. 그의 수하들도 마찬가지였다. 그들의 눈에도 당혹감이 어렸다.

"저놈들이 어떻게……."

기다리고 있었던 듯 모용세가라는 현판 아래에 십여 명의 인영이 그림자를 길게 늘이고 있었다. 그들의 뒤로 환하게 불이 밝혀 있었다.

"장주."

"흥! 기다리고 있었다면 얘기는 더 빠르겠지."

조심스레 다가선 수하에게 엽사곡은 싸늘히 코웃음 쳤다. 주춤한 것은 잠시, 그는 성큼 걸음을 옮겼다.

　　　　*　　　　*　　　　*

안과는 울퉁불퉁 기괴한 얼굴로 신음했다.

"으으으……."

듣는 것만으로도 애처로운 소리였다. 하지만 그의 친구들은 냉정했다.

"아따, 시끄럽게……. 한 번만 더 으으거려 봐. 아주……."

뿌득 악문 이 사이로 짓씹듯이 중얼거렸다. 그러자 신음 소리는 당장에 멈췄다.

고개 처박은 안과의 눈에 눈물이 글썽였다. 더러운 것들. 욕할 처지가 아님에도 안과는 속으로 욕을 퍼부었다.

사람이 살다 보면 그럴 수도 있지, 사내새끼란 것들이 치사하게 삐쳐서 사람을 이 지경으로 만들어놔?

이런 식으로 따지자면 저것들은 나한테 항상 깨끗했었냐고!

생각하면 할수록 분통이 터졌다. 분통이 터지니 맞은 자리가 더 욱신거렸다.

하지만 성을 낼 수는 없었다.

태평은 뒤돌아 앉은 채 이쪽으로는 눈길조차 주지 않았고, 고복 역시 다른 쪽 벽에 등을 기댄 채 그를 향해서 고개도 돌리지 않고 있었다. 그 좋아하던 배도 두들기지 않고 있는 모습이 심상치 않았다.

어색한 침묵 속에서 안과는 맥없이 입술만 삐죽였다.

'아이고… 아파 죽겠네…….'

안과는 더듬거리며 잔뜩 부은 눈가를 쓰다듬었다. 이럴 때는 계란이 최곤데, 계란 구할 데도 없고. 신음을 흘리지 않는 대신 안과는 이내 훌쩍거리기 시작했다.

목하 신세가 한탄스러웠다.

'어흑! 아파도 아프다 말도 못하고. 어무이, 왜 저를 낳으
셨나요.'

"……."

"……."

안과의 숨죽인 흐느낌에 태평과 고복은 고개 돌려 그를 바
라보았다.

바라보는 둘의 눈에 떠오른 것은 연민도 측은도 아니었다.
어이없음이었다.

두 사람은 누가 먼저랄 것도 없이 버럭 소리쳤다.

"이 새끼가 뭘 잘했다고 울고 지랄이야!"

동시에 두 그림자가 안과를 덮쳤다.

"으엑! 껙! 치, 친구야!"

"시꺼! 누가 네놈 새끼 친구야!"

"맞어, 맞어!"

말발 달리는 고복은 바락바락 욕해대는 태평에게 맞장구
치며 대신에 태평보다 열심히 안과를 밟았다.

'아싸, 좋구나!'

착착 감기는 발길질의 감촉에 고복은 덩달아 흥이 났다. 이
렇게 잘근잘근 밟는 맛이 있을 줄이야.

"이것들이 정신 줄을 놓았나? 뭐가 이렇게 시끄러!"

버럭 내지르는 일갈과 함께 문이 벌컥 열렸다. 뒤섞인 세

사람은 그 모습 그대로 굳어 활짝 열린 문을 바라보았다.

들어선 사람은 치천세였다.

"이것들이 지금 장원이 어떤 상황인지도 모르……."

잔뜩 일그러진 얼굴로 성을 내던 그는 세 사람의 모습을 보기가 무섭게 기묘하게 돌변했다.

치천세는 목구멍까지 올라온 욕지거리를 내치지 못하고 어색한 웃음을 흘렸다.

"하, 하하! 미안. 하던 일 마저들 해……."

치천세는 조용히 뒷걸음질쳤다. 끼이익 문이 닫히며 굳은 세 사람의 귀로 치천세의 중얼거림이 들렸다.

"허어, 정상은 아니라고 생각했지만… 하긴, 성적 취향은 존중해 줘야지."

"자, 잠깐! 아니, 아닙니다아!"

얼어 있던 태평과 안과는 뒤늦게 몸을 일으켰다. 그 둘은 벌컥 문을 열고 저만치 종종 앞서 가는 치천세를 향해 달렸다.

"잠깐만! 그런 거 아닙니다!"

"억울합니다아!"

"으, 으헥! 가, 가까이 오지 마!"

울부짖으며 달려오는 두 사람의 모습에 치천세는 순간 얼어붙었다. 온몸에 소름이 좌르륵 치달렸다. 그는 이내 기겁하며 도망쳤다.

홀로 남은 고복은 머리를 긁적이며 중얼거렸다.

"성적 취향이 뭐라고 저 난리여? 큉!"

코끝을 움찔거리며 고복은 안과가 누웠던 자리에 그대로 드러누웠다. 어, 편하다.

알게 모르게 쌓여왔던 뭇 심화를 죄 털어낸 모양이었다. 포식했을 때의 미소가 그의 입가에 그득했다. 눈을 깜빡이던 고복은 문득 무얼 떠올렸는지 순간 정색하며 벌떡 몸을 일으켰다.

"아니, 가만……. 안과 이놈이……."

태평과 함께 달려나가던 안과의 모습이 고스란히 떠오른 것이다.

그럼 뭐여? 지금까지 죄 엄살이었다는 거 아녀. 고복은 뽀드득 이를 갈아붙였다. 덩치에 어울리지 않게 앙증맞은 소리였다.

고복은 두 눈에 불을 켜고 뒤늦게 문을 박차고 뛰쳐나갔다.

안과! 부숴 버리겠어!

엽사곡은 제집 안방마냥 거들먹거리는 모습으로 모용반호의 앞으로 다가왔다.

"자네가… 여기 수괴쯤 되나?"

업신여기는 태도가 뚜렷했다. 뒤에 늘어서 있던 아홉은 그의 방만한 모습에 발끈했다.

"감히!"

다혈질인 도사자 철한이 버럭 소리치며 달려들려 했지만 모용반호가 빨랐다.

"막내야!"

그는 팔을 뻗어 철한의 앞을 막았다.

"형님!"

철한은 원망스런 눈으로 버럭 외쳤다. 하지만 모용반호의 눈빛은 한 점 흔들림도 없었다. 그는 엄중한 눈으로 철한의 형형한 안광을 마주하며 차분히 말했다.

"경거망동하지 마라."

"이, 이……!"

철한은 이를 악문 채 엽사곡과 모용반호의 눈을 번갈아 바라보았다. 그는 이내 부러져라 이를 갈며 한 걸음 뒤로 물러섰다.

"막내라… 저런 자를 동생으로 두었다니 자네 고생길이 훤하구먼."

"……."

엽사곡은 노골적으로 빈정거렸다. 그러나 강호의 산전수전을 모두 겪은 모용반호였다. 그런 도발에 울컥할 정도로 수양이 얕지 않았다. 그는 오히려 미소 지으며 두 손을 모았다.

"걱정해 주셔서 감사하오, 성호장주."

"……."

엽사곡의 배배 꼬인 수염 한쪽 끝이 움찔 떨렸다. 웃어? 거기에 예까지……. 만만치 않은 놈이군. 순간 모용반호에 대해, 모용세가에 대해 경시하던 마음을 버렸다.

그는 가만히 모용반호의 흔들림 없는 눈을 바라보았다.

"내가… 사람을 잘못 봤군."

모용반호의 입가에 미소가 짙어졌다. 엽사곡은 '쳇' 하고 혀를 찼다. 하지만 물러설 생각은 없었다.

"모용가주… 라 불러야 하나?"

"모용반호라 하오."

"…호풍결?"

엽사곡의 수하 중 하나가 부지불식간에 중얼거렸다. 그의 명호를 알아채다니.

모용반호는 슬쩍 웃으며 그를 향해 눈짓했다. 당황한 수하는 다급히 엽사곡의 곁으로 다가가 말했다.

"장주, 이전 천하를 떠들썩하게 만든 산동팔괴의 대형입니다."

"산동… 팔괴라……."

엽사곡이 얼굴을 구겼다. 자신과 비견해도 모자라지 않는 이름이지 않은가. 하지만 그 때문만은 아니었다.

"아니, 알 만한 사람들이 이러면 곤란하지."

엽사곡은 고개를 삐딱하게 한 채 짐짓 성난 모습으로 말했다.

"무엇을 말이오, 성호장주?"

모용반호는 추호도 흔들리지 않았다. 엽사곡은 그런 모용반호의 태도에 더욱 울컥해 외쳤다.

"산동팔괴면 산동에서나 날뛸 일이지, 왜 내 구역 앞에서 자리 잡는 거요! 이게 싸우자는 게 아니면 무어란 말이오!"

어느 틈엔가 하대하던 말투가 하오체로 변했지만, 울컥한 엽사곡은 자신의 변화를 미처 눈치 채지 못했다.

"그것은……."

"그것은 내 뜻이다. 엽사곡 너 따위가 관여할 바가 아니지."

문득 머리 위에서 싸늘한 목소리가 들려왔다. 젊은 목소리였다. 엽사곡은 잔뜩 얼굴을 구기며 고개를 돌렸다.

'아니, 어떤 싸가지없는…….'

엽사곡은 고개를 들기가 무섭게 멍청히 입을 벌렸다. 허공 중에 검은 사내가 떠 있었다. 사람의 모습을 하고 있으나 자신을 내려다보는 싸늘한 눈빛은 사람의 눈이 아니었다.

엽사곡은 본시 감이 좋은 사내였다. 그 좋은 감이 힘을 다해 외치고 있었다. 위험하다!

"귀, 귀하는 누구시오?"

머뭇거리며 물었다. 그러나 검은 사내는 말없이 한쪽 입가를 비틀었다. 싸늘한 조소 앞에서 엽사곡은 불만은커녕 입을 열 수도 없었다.

"오셨습니까."

그때, 모용반호가 공손히 허리를 굽히며 말했다. 이환은 말없이 고개를 끄덕였다. 그는 기척없이 바닥에 내려섰다.

사람이 맞기는 한 것인가. 성호장의 수하들은 질린 눈으로 이환의 모습을 뚫어져라 바라보았다. 그들 하나하나 역시 일류라 자부하는 몸. 그러나 눈으로 보임에도 이환의 기척을 전혀 느낄 수가 없었다.

"이환님께서 나서실 정도의 일은 아닙니다. 저희가 처리하겠습니다."

"……."

조심스레 다가선 풍적소는 깊이 고개를 숙이며 말했다. 이환은 잠시 말없이 고개를 숙인 풍적소의 모습을 바라보았다.

기특하다 할 수 있지만 그의 말은 틀렸다. 그들이 감당할 수 있는 상대가 아니었다.

"풍적소."

"예."

이환의 부름에 풍적소는 고개를 들었다. 그에게 이환은 싸늘한 미소로 답했다.

"주제넘다. 내가 나서고 나서지 않고는 네가 판단할 일이
아니야."

"…죄, 죄송합니다."

무감한 이환의 말에 풍적소는 얼굴을 붉히며 물러섰다.

엽사곡은 부르르 몸을 떨었다. 자신을 무시하는 이환의 태
도에 분노는 일지 않았다. 너무도 자연스런 모습이지 않은가.

그분의 앞에서도 이렇게까지 움츠러든 적이 없건만.

지금 이환의 모습은 엽사곡에게 공포 그 자체의 현신이나
다름없었다. 그는 흘깃 다른 수하들의 얼굴을 살폈다. 하나같
이 당혹스러운 얼굴들이었지만 두려워하는 이는 없었다.

어째서…….

이환은 흘깃 혼란에 빠진 엽사곡을 바라보았다. 가려진 입
가에 흐릿한 미소가 맺혔다.

그의 존재감이 공포가 되어 엽사곡을 잠식해 들어갔다. 이
전 독심갈요에게 펼쳤던 공황심과 크게 다를 바 없었다.

다만 공황심이 고문법으로 즉각적이었다면, 지금은 훨씬
은밀하고 깊었다. 마치 오래된 만성의 중독처럼 엽사곡은 이
환의 존재감에 침식해 들어갔다.

스스로도 제 상태를 이해하지 못하겠지.

"엽사곡."

"허, 헉……."

엽사곡은 눈에 띄게 초췌한 안색으로 고개를 치켜들었다. 얼굴은 식은땀으로 축축했다. 처음의 오만한 눈빛은 간데없었다. 겨우 촌각에 지나지 않는 시간이건만, 사람이 이렇게 달라질 수도 있었다.

그의 변화를 그제야 깨달은 뭇사람들은 당혹감을 감추지 못했다.

"역시……."

모용반호는 멍하니 중얼거렸다.

흉신 사조성.

이환은 문득 팔을 들었다. 그의 손끝으로 사람들의 시선이 향했다. 그는 손끝을 까딱였다. 뭐지? 무슨? 의문이 얼굴에 떠오르는 순간, 아무것도 없던 허공에서 갑작스레 무언가가 떨어졌다.

털썩!

사람들은 눈을 치떴다. 누구도 무어라 입을 열지 못했다. 문득 광견화가 멍청하게 중얼거렸다.

"사, 사람?"

"사, 삼호법!"

그보다 놀라 외치는 것은 성호장의 수하들이었다. 아니, 모종의 임무를 받았다며 바깥으로 출타했던 삼호법이 왜 허공에서 떨어져 내렸단 말인가.

이해할 수 없었다.

"엽사곡, 설명하라."

"무, 무슨 설명을……."

"……."

말할 수 없는 일이었다. 아무리 큰 두려움이 닥쳐와도 말할 수 없는 일이었다.

이환은 더 묻지 않았다. 그저 엽사곡의 눈을 마주 바라볼 뿐이었다.

"으……."

엽사곡은 고개를 흔들었다. 저 눈, 저 눈이 두려웠다. 고개 돌려 외면하고 싶지만 움직이지 않았다. 눈조차 깜빡일 수 없었다. 아무런 감정 없는 눈이 그의 모든 것을 제압했다.

비 오듯 식은땀이 뚝뚝 떨어졌다. 결국 엽사곡은 오열하듯 부르짖었다.

"나, 난 모르오! 난 모르오! 그분이 시킨 일이오! 난 그저 시킨 대로 했을 뿐이오……! 난 모르오!"

엽사곡에게는 끝없는 긴 시간이었으나, 다른 이들에게는 겨우 숨 몇 번 들이쉴 정도밖에 되지 않았다.

그사이 엽사곡은 생사의 기로에서 홀로 뒤척였다. 힘이 풀린 그의 두 다리는 더 이상 그를 지탱할 수 없었다. 허물어지듯 무너진 그는 눈물을 쏟아내며 아는 바를 고스란히 토해냈다. 그의 고백은 길지 않았다.

엽사곡의 고백은 역사가 일천한 성호장이 어찌 이리 단시일 내에 광동에서 손꼽히는 문파가 될 수 있었는지 알려주고 있었다. 간단했다. 배후가 있었을 뿐이다.

누구도 짐작하지 못한 배후였다. 그리고 배후가 성호장에 펼친 일은 치졸하고도 치졸했다.

성호장의 이름이 사람들의 뇌리에 깊이 박힌 것은 녹림도와 사교의 소탕 덕분이었다. 그로써 광동에 성호장이 있다는 말이 퍼지지 않았던가.

한데, 그 모든 것이 자작극이었다니.

갈 곳 없는 민초들을 끌어 모아 산채와 비슷하게 만들어놓고는 소문이 퍼지게 해 성호장이 직접 제자들을 이끌고 그들을 쳤다.

기댈 곳 없는 민초들을 현혹시켜 사교를 만들고 소문이 널리 퍼졌을 때, 역시 직접 그들을 토벌하지 않았던가. 그 모든 것이 조자? 거기다가 자리에 있는 것이 드물었던 삼호법이 그 배후의 숨은 자들 중 하나란 말인가.

성호장의 수하들은 모든 의지를 잃었다. 아무것도 할 수 없었다. 허탈함에 그들은 멍하니 그들의 장주를 바라볼 뿐이었다.

이환은 고개를 비틀었다.
재미없는 종자들이다. 무림이란, 무림인들이란……
"허튼 자들을 끌어들여 민초들을 현혹시키니 좋던가?"
"아닙니다. 아닙니다. 저, 전 억울합니다."
억울하다라……
이 와중에도 자기변호라니. 이것도 근성이라 인정해 줘야할까. 이환은 크크 숨죽여 웃었다. 그래, 과거든 현대든 미래든 인간이란 족속은 매한가지였다.
기계들의 반란이 있던 때도 그러했다. 기계의 앞잡이가 되었던 인간들도 나중에는 어쩔 수 없었다, 억울하다 항변하고는 했지.
이환의 살의가 그대로 엽사곡에게 집중되었다.
"큽! 크커컥!"
순간 멱을 죄어오는 기세에 엽사곡은 반사적으로 제 목을 부여잡았다. 다른 이들 눈에는 스스로 제 목을 조르는 듯한 모습이었다.
"자, 장주!"
엽사곡의 고백에 당혹스러웠던 수하들이지만, 그가 숨넘

어가는 소리를 내며 고통에 몸부림치자 다급히 그를 부축하려 했다. 하지만 채 한 걸음을 내딛기도 전 엽사곡의 몸이 그대로 허공중으로 떠올랐다.

"허, 헉!"

"이 무슨?"

엽사곡은 그대로 이환의 앞에까지 질질 끌려왔다. 그는 이환의 눈을 가까이하기가 무섭게 발작하듯 파들파들 온몸을 떨었다.

"네 죄를 아느냐?"

"자, 잘못했습니다! 잘못했습니다! 제가 욕심에 눈이 멀어 감히 모용세가를 범하려 했습니다! 잘못했습니다! 제가 미쳐서 민초들을 현혹시켰습니다!"

엽사곡은 억눌린 목소리로 힘껏 소리쳤다. 그것만이 살길이라는 듯 처절하기 그지없었다. 하지만 이환은 고개를 가로저었다.

아니란 말인가. 엽사곡은 더 이상 아무런 말도 할 수가 없었다.

"으으……."

속절없이 신음만 흘렀다. 순간 엽사곡은 멱을 무섭게 죄어오던 힘이 조금씩 풀리는 것을 느꼈다. 대신 이환은 고개를 내밀어 그의 눈을 직시했다.

이환은 천천히 말했다.

"네 죄는… 이 나를 움직이게 했다는 것이다."

"끅!"

이환은 성호장의 수하들을 돌아보았다. 흠칫, 그들은 몸을 떨었다. 그들은 그제야 엽사곡이 어째서 그리 두려움에 몸부림쳤는지 알 수 있었다.

"사, 사술……."

누군가 멍청히 중얼거렸다. 이환은 싸늘히 조소하며 말했다.

"엽사곡은 비루한 죽음을 택했다. 너희들은 무엇을 택하겠느냐?"

그들은 쉬이 입을 열 수 없었다. 엽사곡의 고백도, 삼호법의 진실한 정체도 그들에게는 충격이었다.

성호장에 배후가 있을 줄이야. 짧지 않은 세월 동안 성호장에 몸을 담았음에도 전혀 알지 못했다.

"어, 어찌하면 좋겠습니까?"

더 이상 그들은 생각이란 것을 할 수 없었다. 머뭇거리며 그들은 되물었다. 이환은 입가를 비틀었다.

어차피 내놓을 수 있는 답은 두 가지뿐이었다.

굴종하겠느냐, 죽겠느냐.

아무리 생각을 할 수 없다지만 그 속내까지 짐작하지 못할 정도로 강호 경험이 일천한 자들이 아니었다.

주저주저하던 그들은 이내 무릎을 꿇었다.

"받아주신다면 견마지로를 다하겠습니다!"

누가 먼저랄 것도 없었다. 누가 누구를 탓하려는 기색도 없었다. 어차피 성호장에 대한 모든 감정은 뚝 끊어져 버리고 말았다.

그런 성호장을 위해 목숨을 걸고 지조를 지킬 생각은 추호도 없었다.

"모용가주."

"예, 이환님."

이환은 다가선 모용반호에게 말했다.

"저들을 이끌고 성호장의 모든 것을 접수해. 써먹을 수 있는 것은 모두 써먹는다."

"예."

두 번 묻지 않았다. 모용반호는 깊이 고개 숙였다. 이환은 말했다.

"모든 것은 모용의 이름으로. 알겠는가?"

"예, 맡겨주십시오."

이환의 말, 속뜻을 이해한 모용반호는 힘차게 고개를 끄덕였다.

이환은 고개를 돌렸다. 멀지 않은 곳이었다. 그의 입가에 비릿한 조소가 맺혔다. 누군가를 향한 비웃음이었다.

"좋아, 대어를 낚으려면 미끼가 필요한 법이지. 기대한 만큼이 아니라면… 각오하는 게 좋을 거야."

이환은 누군가에게 경고하듯 천천히 말했다.

*　　　*　　　*

모용세가에서 수십 리는 족히 떨어진 곳이었다. 제대로 된 이름도 없는 허름한 마을로 이제는 사람이 살지도 않는 폐촌이었다.

그곳 한가운데에는 높이 우거진 신목이 하나 있었다. 사람의 경배를 잃은 신목은 덩치만 겨우 키웠을 뿐 과거의 신령함을 찾을 길 없었다.

그 신목 위에서 한 검은 인영이 훌쩍 뛰어내렸다.

가볍게 착지한 그는 이내 다리에 힘이 풀려 그대로 주저앉았다.

얼굴을 가린 복면이 땀에 젖어 얼굴에 찰싹 달라붙어 있었다. 그는 거친 숨을 몰아쉬었다.

너무도 두려웠다.

그 먼 거리였다. 천리통(千里通)을 이용해서도 겨우 엿볼 수 있는 거리였다. 그런데 그 멀리서 살피는 자신을 어찌 눈치 챌 수 있단 말인가.

불과 촌각 전을 다시 선명하게 떠올렸다. 그 정체불명의 사내는 자신을 똑바로 직시하며 한 자 한 자 천천히 말했다.

첩자의 기본인 구순술(口脣術)을 익힌 그였다. 그는 사내의 말 하나하나를 똑똑히 읽을 수 있었다.

미끼, 대어…….

그 싸늘한 조소가 선명했다. 떠올리기가 무섭게 온몸에 소름이 돋았다.

"흐으으… 이, 이 일을 어찌 보고할 수 있단 말인가."

미친 소리라 타박 들을 것이 분명했다. 하지만 한낱 눈에 불과한 그가 감당할 수 있는 일도 아니었다.

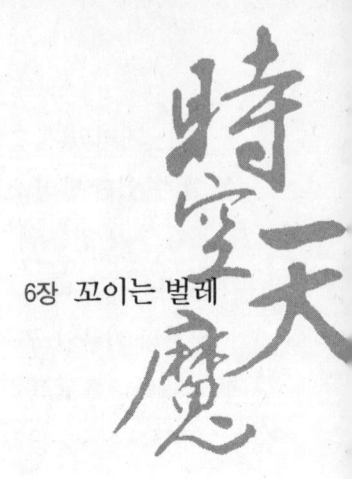

6장 꼬이는 벌레

모용세가의 이름은 널리 알려졌다. 광동패주(廣東覇主) 네 글자에 가장 가까웠던 성호장이 하루아침에 몰락하고, 그 기반이 모두 모용의 이름 아래 흡수되었다.

미비한 소음만이 있었을 뿐, 흡수되는 과정은 마치 기다렸다는 듯 신속 정확했다.

렴강 일대가 모용의 이름 아래에 놓였다. 광동 일대에 대한 영향력도 급상승했다. 광동의 다른 문파들이 모용세가라는 이름 넉 자를 충격으로 기억했다.

좋은 일이기도, 좋지 않은 일이기도 했다.

치천세는 잠깐 열린 창밖으로 아직 푸른 하늘을 올려다보았다. 한숨이 절로 흐르는 것은 어쩔 수 없었다.

피곤함에 두 눈 아래가 우묵하게 패었다. 급증한 모용세가의 관할이나 권리 때문이었다.

이전까지는 상상도 하지 못했던, 객잔 및 소작에 대한 모든 권리가 모용세가로 귀속되었다.

발로 뛸 사람이야 하나둘이 아니었지만, 차분히 책상머리에 앉아 그 모든 것을 정리하고 결제할 수 있는 사람은 그와 풍적소뿐이었다.

하지만 단순히 과중한 일 때문만은 아니었다.

"너무 시선을 받게 될 터인데……."

당장에도 세가의 제자가 되겠다며 찾아오는 이가 부지기수였다. 달래고 타일러 보내면 날이 밝기가 무섭게 우르르 몰려오는데, 그 수가 하루가 다르게 급증하고 있었다.

좋지 않았다.

영향력과 더불어 세가의 이름이 드높다는 것은 분명 좋은 일이나 모용세가는 아직 제대로 뿌리내리지 못한 곳이었다.

비록 그와 의형제들, 광풍사의 일백이 있다 하지만 무가라 자처하기에는 부족함이 많았다.

성호장과의 일만 보아도 성호장주가 직접 나서지 않았다면, 이환이 나서지 않았다면 어찌 되었을지…….

무가의 기본은 역시 무력.

그 무력을 키우기 위해서라면…….

치천세는 노인네마냥 끌끌 혀를 차며 고개를 내저었다. 고민이 너무나 먼 고민을 불러왔다. 우선은 닥친 일을 먼저 처리하고 볼 일이었다.

그는 능숙한 손놀림으로 앞에 수북이 쌓인 종이 뭉치들을 하나하나 읽어나가기 시작했다. 검은 눈동자가 한 번 좌우로 오갈 때마다 그의 손은 쉴 새 없이 붓을 움직이고 종잇장을 넘겼다.

눈동자, 오른손, 왼손, 아차 하는 사이 치천세 앞에 놓였던 수많은 종이가 고스란히 옆으로 넘어갔다. 무슨 요술이라도 펼치는 듯했다.

풍적소는 앉은 의자 뒤에 등을 기대며 긴 한숨을 고스란히 흘렸다.

"후우!"

그가 맡게 된 일도 하나둘이 아니었다. 치천세에 못지않은 종이 뭉치가 좌우로 산더미마냥 쌓여 있었다.

성호장에서 무작정 넘겼을 뿐, 제대로 정리한 부분은 일부에 지나지 않았다. 덕분에 그렇지 않아도 많은 일이 복잡하게 꼬였다.

풍적소는 두 눈가의 동자료혈(瞳子髎穴)를 꾹 눌렀다. 짜릿함에 새삼 침침했던 초점이 돌아왔다.

그는 다른 것을 생각했다. 이 수많은 종이 뭉치를 분류하고 정리하는 와중에도 그 하나는 내내 지워지지 않았다.

성호장의 배후.

도대체 그들은 누구란 말인가. 성호장주의 목청을 다한 고백이 아직도 그의 귓가에 쩌렁쩌렁 울렸다.

따로 알아본 바, 그의 고백에 틀린 점은 없었다. 성호장의 성립과 성장에 미심쩍은 점이 한둘이 아니었다. 렴강에서 멀지 않은 곳, 난민들이 모인 그곳에 마신을 모신다는 잡교(雜教)가 들어섰다는 소문이 있었다.

한낱 잡교에 관계된 일. 무지몽매한 불쌍한 자들이라 생각했을 뿐이다. 그런데……

풍적소는 뿌드득 이를 갈아붙이며 불끈 주먹을 움켜쥐었다. 우득 하는 소리가 거칠게 울렸다.

"그들을 희생양으로 삼겠다니……"

어떤 정신을 지닌 자가 할 수 있는 생각이란 말인가.

일그러진 풍적소의 얼굴은 분노로 가득했다.

비록 지금은 무용세가라는 편액 아래에 안주하려 한다 하지만, 그를 비롯한 산동칠괴는 본래 풍진호협(風塵豪俠)이었다.

협의(俠義) 그 하나가 가슴에 품은 전부였다.

아무리 강호풍진을 떨치고 자리를 잡으려 한다지만, 그것만큼은 절대 포기할 수 없는 가치인 것이다.

풍적소는 정리가 끝난 종이 뭉치들을 내려다보며 솟는 분기를 가라앉혔다. 어차피 성호장을 흡수한 이상, 그들과의 대립은 불가피했다.

곧 숨을 가라앉힌 풍적소는 고개를 돌려 창밖을 바라보았다. 바깥은 소란스러웠다. 철한과 광견화가 또 다투는 모양이었다. 그 소란함은 풍적소의 귓가에 오히려 평온하게 들려왔다.

모용세가. 힘이 필요했다.

치천세와 풍적소가 같은 때에 내린 결론이었다.

              *   *   *

이환은 가만히 앉은 채 수많은 영상을 모두 바라보고 있었다. 스파이 위성들이 보내온 영상들이었다.

위성들은 중원 전역을 모니터링하며 이환에게 영상을 보내고 있었다.

그 한가운데에는 여덟의 인물이 분화된 한 화면 안에 있었다. 이환은 가만히 그들의 모습을 바라보았다.

그는 문득 이전의 일을 떠올렸다. 임관홍의 조부인 공손무외와 나누었던 대화가 또렷하게 떠올랐다. 꽤 흥미를 끄는 이야기였다.

지금의 중원강호, 그 정점에 도달한 자들.

십왕? 천중십존이라 했던가?

그래, 분명 그런 거창한 이름이었지.

"십왕? 십왕이라 했나?"

독왕과 혈왕에 대해 이야기하던 공손무외의 말에 이환은 물었다.

십왕.

열 명의 왕.

'그렇다면 혈왕과 같은 고수가 아홉 명이 더 있다는 뜻인가?'

십왕 중 하나가 만금재왕이라는 사실은 이미 알고 있었다. 그래도 그가 알던 숫자는 고작 셋. 나머지 일곱 명이 궁금해졌다.

그는 생각을 질문으로 옮겼다.

"십왕이란?"

공손무외가 새삼 신기한 사람을 본다는 듯 이환을 올려다봤다. 무림 밥을 먹으면서 십왕의 명명들을 모른다니…… 하지만 그의 장기이자 천직은 무림사의 모든 것을 꿰뚫고 있다는 것이었다.

그렇기에 통천견문이란 별호마저 붙지 않았던가. 그는 천천히 설명하기 시작했다.

"십왕, 달리 천중십존이라고도 불리는 절대자들이오. 권왕(拳王), 도왕(刀王), 암왕(暗王), 창왕(槍王), 걸왕(乞王), 야왕(夜王), 낭왕(浪王), 그리고 혈왕, 독왕, 재왕. 모두 일문의 주인이자 종사의 반열에 든 위대한 무인들이오."

이환은 눈썹을 꿈틀했다. 공손무외의 어투에서 무언가를 읽은 탓이었다. 그는 물었다.

"나열한 순서의 기준은?"

'역시!'

공손무외는 이환의 예리한 통찰력에 내심 감탄하며 다시 입을 열었다.

"추론되는 강함이라오. 문파의 세력으로 치자면 걸왕의 개방(丐幇)이 최고이며, 그다음이 낭왕의 낭아림(狼牙林), 재왕의 만금전, 권왕의 무당파(武當派)……."

공손무외는 하나하나 열거해 나갔다.

이환은 입가를 비틀어 웃었다. 혈왕과 독왕이 고작 십왕이란 서열 중에서 끝에 위치할 줄이야. 당시에는 내심 철렁했던 것이 사실이었다.

혈왕과의 결전. 기연이라고밖에 말할 수 없는 우연이 없었
다면 어찌 되었겠는가.

지금의 이환이라면 혈왕 다섯이 동시에 전력을 다한다 하
여도 그에게 일초지적도 될 수 없었다.

이환은 새삼 자신의 손을 내려다보았다. 전투에 능하던 자
신의 손이 어느 틈엔가 무공이란 것에 익숙해지고 있었다. 상
처 하나 없는 매끄러운 손. 하지만 이 손은 임팩트 소드보다
더 위력적이고 레이저 건보다 더 빨랐다.

이환은 상념을 접고 모니터로 눈을 돌렸다. 지금의 문제는
다른 것이 아니었다.

그는 손을 뻗었다. 손끝으로 가리킨 화면이 그대로 확대되
며 하얀 머리의 초로인의 모습이 눈앞에 가득 찼다.

아무 무양 없는 검은 장포를 걸친 노인의 눈매는 매의 그것
보다 매서웠다. 일말의 자비도 용서도 구할 수 없는 눈이었
다. 오로지 포식(捕食)만이 있을 뿐이었다.

노인은 온몸에 위엄과 살의를 두르고 있었다.

제자를 가르치고, 문도들을 만나고, 일을 처리하는 뭇 과정
들이 낱낱이 회면상에 떠올랐다.

이환은 턱을 괸 채 얼핏 지루할 수 있는 그 과정들 하나
나를 뚫어져라 바라보았다. 기다리는 장면이 아직 나오지 않

왔다.

얼마나 시간이 흘렀을까. 그의 옆에 놓았던 커피포트가 거의 비워갈 즈음이었다.

이환은 자세를 바로 하며 입술 끝을 비틀어 올렸다.

미끼가 제대로 돌아간 모양이었다.

"지금 그 말을 나보고 믿으라 하는 게냐?"

인자한 목소리. 하지만 숨은 기세는 당장이라도 그를 짓누를 것 같았다. 납작 엎드린 사내는 감히 고개를 들 수조차 없었다.

그렇지 않아도 매서운 눈매가 더욱 날카롭게 조여졌다.

"내가 무엇 때문에 너를 부려왔다 여기는 게냐?"

"……."

사내는 입이 열이라도 할 말이 없었다. 지난 수년간 공을 들여온 곳이 단 하루아침에 절단이 나버리고 말았다.

차라리 아주 망해 버렸으면 좋았을 것을 어디 듣도 보도 못한 것들이 고스란히 집어삼키지 않았는가.

사내는 그저 엎드린 채 처분만을 기다릴 뿐이었다.

"허어, 광동 일대의 주도권을 일거에 쥘 수 있다 여겼건만. 정녕 뜻밖의 방해로다. 모용이라는 자에 대해 고하라."

노인은 고개를 흔들며 한숨을 흘렸다. 그는 문득 사내를 내려다보며 말했다.

사내는 자신이 마지막 구명줄을 움켜쥘 수 있음을 깨달았다. 그는 바로 고개를 들어 차분한 어조로 입을 열었다.

"조사한 바로는 약 이백 이상의 인원이 머무르고 있음을 파악할 수 있었습니다. 장주는 호풍결 모용반호라는 자로서 과거 산동 일대에서 의협으로 이름을 떨친 산동팔괴의 수장입니다."

산동팔괴라…….

"회유할 수 있겠느냐?"

"불가합니다."

물음이 끝나기가 무섭게 사내는 단호하게 말했다. 이미 답을 준비하고 있었다.

그는 차분히 설명했다.

강호를 도망하는 처지에 지나지 않았던 호풍결과 산동팔괴가 세가라는 거창한 이름을 내걸며 광동에 자리 잡은 것은 분명 배후가 있다는 뜻.

사내는 고개를 저었다.

"어쩌면 본 문에 못지않은 세력일 수도 있습니다."

"…다른 십왕, 아니, 팔왕을 제외하고 그럴 만한 자가 또 있을까."

"강호는 넓으니까요."

사내는 공손히 허리를 굽히며 말했다. 그래, 그의 말은 틀리지 않았다. 강호는 넓고도 깊었다.

"어찌하면 좋겠느냐?"

의례적인 물음이었다. 사내는 잠시 숨을 골랐다. 어려운 말이었다.

"물러섬이 옳습니다."

"…그런가?"

뜻밖에도 노인은 더 말하지 않았다. 그는 눈을 감았다. 물러가라는 뜻이다.

사내는 다시 한 번 예를 올린 후 소리없이 장내를 벗어났다.

강호는 더 이상 천중십존, 십왕의 이름을 논하지 않았다.

혈왕과 독왕이 사그라지고 지금은 팔왕이란 이름이 있었다. 하지만 그 위에 또 다른 이름이 있었다.

일제(一帝) 암제(暗帝).

일제팔왕(一帝八王).

왕 위에 제왕이다 이건가? 기껏 혈왕과 독왕 따위.

노인은 코웃음 쳤다. 하지만 그도 두 사람을 상대하기 껄끄러운 면이 없지 않음을 인지하는 바였다.

십왕 내의 서열은 나뉠 수 있으나, 고작해야 종이 한 장 정도의 차이밖에 되지 않으니.

십왕 내에서 압도적으로 우월한 무위를 지닌 자는 무당의 권왕뿐이었다. 하지만 산중에서 구도(求道)라는 핑계로 소요(逍遙)하는 그를 두려워할 이유는 없었다.

껄끄러운 것은 그와 같이 일문을 이끌며 대치하는 자들뿐이었다. 혈왕과 독왕이 그 대표적인 인물이었다.

그들 둘이 죽어 나자빠졌다면 어리석고 허약하다 비웃으면 그만이었다. 하지만 그들의 문파인 혈전문과 독왕곡마저도 멸문의 화를 입지 않았던가.

노인은 오만했으나 어리석지 않았다. 암제가 누구든 쉬이 볼 자는 아닌 것이다. 마찬가지로 지금 모용세가의 배후, 아직 짐작조차 힘든 자들을 쉽게 보아서는 안 될 것이다.

노인은 클클 혀를 차며 몸을 일으켰다. 깨어진 분재가 생각났다. 그의 몸에서 어릿한 기운이 스르륵 흘렀다.

"그래, 지금은 기다려 주지. 지금은……. 하지만 본 교는 기어코 일어설 것이다. 하늘이여……."

노인은 짓씹듯이 중얼거렸다. 검은 기운이 그의 주변에서 넘실거렸다.

노인에게도 이름은 있었다. 하지만 누구도 그의 이름을 입에 담는 자는 없었다. 강호인들은 그를 일컬어 밤의 왕, 야왕이라 했다.

이환은 눈살을 찌푸린 채 가만히 의자의 팔걸이를 톡톡 두들겼다. 심란함이 드러나 있었다.

야왕이라…….

십왕 중에서도 가장 베일에 싸인 인물이라 하지 않았던가. 그가 세운 곡림이 어떤 곳인지, 그의 무공 연원이 무엇인지 지금으로서 알 수 있는 것은 아무것도 없었다.

그런데, 그런 자가 모용세가를 눈에 담았다라……. 이환은 귀찮아지리라는 것을 직감했다.

달갑지 않았다.

이환은 눈을 감았다. 머리가 바쁘게 돌아갔다.

*　　　*　　　*

우르릉! 우릉!

남만의 우기는 종잡을 수가 없었다. 맑다가도 태풍처럼 거센 빗줄기가 쉼없이 쏟아져 내렸다. 하늘에 뇌성벽력이라도 치는 날이면 이곳의 원주민들은 결코 집 밖으로 걸음하지 않았다.

사람의 기척은커녕 동물들도 지나지 않는 날씨였다.

멀리서 태풍이라도 몰아든 모양이었다.

쿠르릉! 콰쾅!

멀지 않은 곳에서 뇌성벽력이 쉼없이 터졌다. 번쩍이는 하늘의 불빛에 어둡기만 한 남만의 깊은 우림에 몇몇의 인영들이 비춰졌다.

기름을 잔뜩 먹인 삿갓에 도롱이를 걸친 그들은 뚝뚝 떨어지는 빗줄기와 계속해서 터져 나오는 천둥번개에도 눈 하나 깜빡하지 않았다.

둥글게 모여선 그들의 수는 일곱이었다. 그들은 고개를 숙인 채 말없이 서 있었다. 문득 그들은 일제히 고개를 들었다.

찰박 하는 소리와 함께 그들과 똑같은 모습을 한 인영이 그들에게 달려왔다.

"찾았느냐?"

그들 중 한 사내가 나서서 물었다.

"예, 멀지 않습니다."

"좋아, 앞장서라."

"예!"

뜻 모를 대화를 나눈 그들은 일렬로 급히 걸음했다. 그들이 향하는 곳은 더욱 깊은 우림 속이었다.

그들이 목적한 곳에 닿았을 때, 쏟아지는 빗줄기는 점차 가늘어지고 있었다. 구름이 지난 모양이었다.

일행의 후미에서 따르던 사내가 잠시 삿갓을 치켜들었다.

부리한 호목의 중년인이었다.

"날씨가 제법 맑았군."

그는 중얼거리며 다시 고개를 돌렸다. 갈라지는 구름 사이로 내리쬐는 햇살에 높은 산세가 눈에 들어왔다.

애뇌산이었다.

수하의 말이 옳았다. 멀지 않았다.

비가 그치니 이제는 숨이 턱 막힐 듯한 열기와 습기가 사방에 가득했다.

삿갓과 도롱이를 벗은 사내들은 땀에 푹 젖었지만, 지친 기색은 없었다. 오랜 강행군에도 그들의 눈에는 힘이 가득했다.

그들은 똑같은 짙은 녹의를 걸치고 있었다. 하지만 무엇보다 가장 눈에 띄는 것은 그들이 허리에 차고 있는 검은 요대였다.

평범한 요대와 크게 달랐다.

여러 개의 작은 상자들이 요대 마디마다 빼곡하게 달려 있었다. 요대의 이름은 소명대(召命帶)라 했다.

짙은 녹의, 검은 소명대.

강호에서 그런 복장을 할 수 있는 곳은 단 한곳밖에 없었다.

수백 년간 독과 암기 두 가지로 강호상에 무너지지 않는 이름을 이룩한 사천의 당가였다.

당가의 문도들이 멀리 운남 애뇌산에 모습을 드러낸 것이었다.

앞장서 나아가던 당가 문인 중 한 사람이 걸음을 멈췄다.

"다 왔습니다."

그는 한곳을 가리키며 말했다. 그러자 후미의 중년인이 행렬을 헤치고 앞으로 나섰다.

그는 고개를 내밀어 가리키는 방향을 바라보았다. 처참하게 무너진 계곡의 모습이 눈에 들어왔다.

"여기가… 독왕곡이로군."

중년인은 눈을 가늘게 떴다. 그는 잠시간 말이 없었다. 그는 내리쬐는 뙤약볕에서 눈 하나 깜빡하지 않았다. 다른 이들도 마찬가지였다. 그들은 중년인의 말을 가만히 기다렸다.

"당가십수(唐家十秀)는 방독수(防毒手)를 착용하라."

중년인의 말에 그들은 바로 움직였다. 달칵 하는 소리와 함께 소명대의 상자 아래로 그들은 매미 날개보다 얇은 투명한 장갑을 꺼내어 지체없이 착용했다.

"아무리 무너졌다고는 하지만 독왕의 소굴이다. 방심하는 마음이 있어서는 안 될 것이다."

중년이 역시 방독수를 착용하며 엄중히 말했다. 당가십수라 불린 젊은이들은 힘주어 고개를 끄덕였다.

그들의 또렷한 동공을 흘깃 돌아본 중년인은 피식 웃었다.

'굳이 말할 필요는 없었군.'

과연 당가의 정예다운 모습이었다. 그들은 신속하게 움직였다. 신중을 기하는 모습에서 중년인 당거정(唐鉅鼎)은 잠시간 흐뭇함에 미소 지었다.

강호에서 탈명호걸(奪命豪傑)이라 불리는 당거정이었다. 그 역시 과거에는 당가십수였고, 지금은 당가의 중심이라 할 수 있는 당문오결(唐門五結)의 하나였다.

후대 당가십수의 의연한 모습에 그는 감회가 새로웠다.

이들이야말로 다음대의 당가를 주도해 나갈 아이들이자 지금 당가의 가장 예리한 독비(毒匕)라 할 수 있었다.

하지만 흐뭇함은 잠시였다. 당거정은 새삼 낯을 굳혔다. 이곳은 독왕의 근거지였다. 아무리 멸문했다 하지만 쉬이 마음을 놓을 수 있는 곳이 아니었다.

그리고 암제.

암제라는 이름이 결국 당가주 암왕을 건드린 셈이었다. 아니, 그보다 천하의 독왕이 아무런 대비도 못하고 쓰러진 열양진력. 그 정체를 알아야 했다.

암기와 동시에 독문이기도 한 당가였다. 어찌 좌시할 수 있겠는가.

당거정은 새삼 맡은 임무의 중압감을 느꼈다. 어깨가 묵직했다. 그러나 발걸음이 지체되거나 하지는 않았다.

그는 폐허가 되어버린 독왕곡을 향해 걸음을 옮겼다.

독왕. 그 이름에 걸맞지 않는 초라한 모습이었다. 결국 절
대자나 민초나 죽으면 다 똑같은 시신에 불과했다.

방립을 깊게 눌러쓴 녹포인은 말없이 드러난 독왕의 시신
을 내려다보았다.

썩어가는 냄새에 누구도 제대로 고개를 들 수 없었다. 하지
만 방립인은 미동도 하지 않았다.

그의 심유한 시선이 붙잡고 있는 것은 단 한곳이었다.

가슴의 뚜렷한 상흔. 방립인은 흘깃 시선을 들어 이제는 뼈
가 훤히 드러난 독왕의 얼굴을 바라보았다.

죽는 순간 독왕은 아무것도 하지 못했다. 그는 성내는 와중
에 기습적으로 당한 것이다.

문제는 그것이었다.

독왕의 절기가 무엇이었던가.

독강(毒剛). 독기로써 호신강기를 이룬 전무후무한 존재가
바로 독왕이었다. 아무리 독의 조종이다 당가에서 큰소리치
지만, 그러한 독왕의 절기에 대해서는 고개 숙일 수밖에 없는
입장이었다.

그런데, 그 독강이 한순간에 꿰뚫려 버렸다는 양강지력은
도대체 무어란 말인가.

얼마나 시간이 흘렀을까. 방립인은 신형을 돌렸다.

"끄, 끝나셨습니까?"

허름한 관복 차림의 관병이 조심스레 다가와 물었다. 방립
인은 말없이 고개를 끄덕였다.

"그, 그럼 다시 덮겠습니다."

방립인은 그를 지나쳐 걸었다. 그를 수행했던 이들 중 몇몇
이 관병을 거들어 독왕의 시신을 다시 덮었다.

"가주님."

수하들 중 나이 많은 이가 다가가 물었다.

"어떠셨습니까?"

그가 조심스럽게 물었으나 방립인은 대답하지 않았다. 그
는 묘역 한구석에 놓인 바위 위에 걸터앉았다.

주변을 정리한 수하들이 그의 앞에 늘어섰다.

"가주님."

한참을 아무 말도 없자, 수하 중 하나가 겨우 말문을 열었
다. 방립인은 문득 하늘을 올려다보았다.

운남의 하늘은 맑았다. 푸른 창천에 하얀 구름이 고요히 흘
렀다. 그는 곧 방립을 벗었다.

창백한 얼굴에 강퍅한 인상을 지닌 중년의 사내였다.

암왕이었다. 그는 차가운 조소를 그리며 말했다.

"차라리 사람의 짓이 아니다 하면 속 편할 텐데 말일세."

"예?"

수하들은 암왕의 말을 이해하지 못하고 눈을 동그랗게 떴다. 하지만 암왕은 더 말하지 않았다.

지금 그의 뇌리에는 독왕의 가슴에 남은 검은 상흔만이 뚜렷했다. 무엇이 저런 상흔을 만들 수 있을까.

무당의 건양지(建陽指)? 소림의 금강지(金剛指)? 아니면 포달랍의 대사궁(大蛇弓)?

암왕은 자신이 알고 있는 천하의 뭇 무공과 기물(奇物)들을 쉼없이 떠올렸다. 하지만 그 어느 것도 독왕의 눈을 피해 그의 독강을 뚫을 정도의 위력은 없었다. 또 혈왕의 흔적은 어떠한가.

위력만이 문제가 아니었다. 속도와 열기 어느 것 하나 짐작키 어려울 정도였다.

천하제일의 쾌라는 분광(分光)도, 천하제일의 열기라는 염화(炎火)도 그 작은 흔적에 비하면 태양 앞의 반딧불과 다름없었다.

암왕은 깊은 고민에 빠져들었다.

그때였다. 독왕곡을 찾아 먼저 떠났던 당거정이 당가십수와 함께 모습을 드러냈다.

험난한 길이었음에도 그들은 잠시 지친 기색만이 있을 뿐이었다.

"가주님, 돌아왔습니다."

당거정은 암왕 앞에 깊이 허리를 숙였다. 암왕은 고개를 끄덕이며 물었다.

"수고했네. 그곳은 어떠한가?"

"그것이……."

암왕의 물음에 당거정은 잠시 숨을 고른 후 차분히 설명했다.

낙뢰의 흔적이 곳곳에 남아 있었습니다. 붕괴된 사면을 따라 폭발의 흔적이 있었습니다. 하지만 화약의 흔적은 극히 미미했습니다.

폭우로 약해진 지반이 그대로 무너진 듯합니다. 기문진을 이뤘던 골조는 남김없이 파괴되었습니다.

독왕곡을 중심으로 방원 삼십여 장에 멀쩡한 곳이 없었습니다.

남은 흔적들로 유추하건대, 족히 수백에 달하는 인명이 머무르고 있었습니다. 기문진이 무너지고, 지반이 무너지는 그 순간을 암습자는 노린 듯합니다.

당거정은 본 것만을 말했다. 흔적을 통해 알 수 있는 것만을 말했다. 그의 설명은 간략했다. 주변의 눈치를 보지 않았다.

암왕은 그의 굳은 눈을 가만히 바라보았다.

"이상입니다. 그리고……."

"그것은?"

"천운으로 발견할 수 있었습니다."

당거정이 두 손을 공손히 받쳐 들고 내민 것은 한 권의 두루마리였다. 겉면에는 독곡비전(毒谷秘傳)이란 글씨가 메마른 적자색으로 적혀 있었다.

"……."

그 글자를 목격하는 순간, 자리한 당가인들의 눈에 기이한 열기가 고였다. 개중에는 독보다 암기에 치중한 이들도 있었지만, 독문의 인물치고 독왕의 비급을 앞에 두고 누가 마음 흔들리지 않겠는가. 아니, 비단 독문의 인물뿐만이 아니었다.

지금 암왕의 손에 들린 것은 그야말로 무가지보였다. 하지만 그 비급을 바라보는 암왕의 눈에는 조금의 흥미도 없었다.

그는 당거정에게 물었다.

"펼쳐 보았는가?"

"제가 어찌 감히……."

무심한 물음에 당거정은 급히 고개를 흔들었다. 그러자 암왕은 피식 웃었다. 가벼운 웃음이었으나 싸늘하기도 했다.

암왕은 웃으며 말했다.

"잘했네. 그것이 자네 목숨을 구했군."

"예?"

놀라 고개를 들자 순간 그의 앞에서 녹색의 불길이 화르륵 일었다.

암왕의 손에서 독곡비전의 서책은 녹염에 휩싸여 순식간에 타 들어갔다.

"가, 가주님!"

놀란 수하들이 분연히 외쳤다. 하지만 암왕은 아랑곳하지 않았다. 매캐한 검은 연기가 녹염 속에서 높이 솟구쳐 올랐다. 채 촌각의 시간도 지나지 않아 독곡비전은 하얀 재만 남긴 채 사라졌다.

"아, 아아……!"

누구도 허망함을 감출 수 없었다. 그런 수하들의 모습에 암왕은 여전히 미소 지었다.

"어이하여 불태우셨습니까. 저 비급이 있다면 당가의 앞날에 큰 도움이 될 터인데."

"도움은 무슨."

암왕은 한 수하의 힘없는 목소리에 싸늘히 웃었다. 그는 말했다.

"독왕이 어떤 위인인데 이리 쉽게 비급을 만들어놓았겠느냐. 비급을 펼치기가 무섭게 독왕의 요공지독(妖蚣至毒)을 고스란히 뒤집어썼을 것이다."

"그 검은 연기가 그럼……."

수하들은 당혹감을 감추지 못했다. 그들은 주춤 물러서 황급히 몸 상태를 점검했다.

암왕은 고개를 흔들었다. 냉막한 얼굴에 어린 웃음은 차갑기 그지없었지만, 악의가 없음을 이 자리의 수하들은 모두 잘 알고 있었다.

그들은 머쓱함에 얼굴을 붉혔다.

"그보다 중요한 것은… 암습자다."

암왕은 낯을 굳히며 중얼거렸다. 낙뢰와 폭우, 그리고 폭발의 흔적. 그는 손가락을 톡톡 두들겼다. 상처 하나 없는 그의 매끈한 손가락이 바위를 점차 갉아갔다.

족히 손가락 한 마디가 바위 속을 파고들 무렵, 암왕은 물었다.

"낙뢰와 폭우를 그가 일으킨 것이라면?"

"불가능합니다. 만약 암제라 불리는 자가 일으켰다 한다면……."

당거정은 굳은 얼굴로 고개를 가로저었다. 그는 잠시 말을 끊었다. 달리 떠오르는 말이 없었다.

"그는 사람이 아니라 신이겠지요."

암왕은 잠시 낯을 찌푸렸다. 한동안 침묵이 내려앉았다.
그는 곧 입을 열었다.

"아무래도 조언을 구할 사람이 있어야겠네."

"누가 좋겠습니까?"

"한 사람밖에 없지. 만약 그가 알지 못한다면… 천하의 누
구도 알지 못할 테니까."

"통천견문 공손무외."

암왕의 말에 당거정은 부지불식간에 중얼거렸다. 달리 만
박통천이라 불리는 현인이 아닌가. 그의 말대로 강호상의 일
에서 그가 모르는 일은 존재하지 않는 일밖에 없다 할 정도이
니.

"제가 다녀오겠습니다."

"십수와 함께 가게."

"예."

당거정과 당가십수는 운남에서 다시 중원으로 향하게 되
었다.

암왕은 몸을 일으켰다.

"이제부터 어이하시겠습니까?"

"후우, 일단은 돌아가야지. 더 이상 운남에서 볼일은 없다.
거정을 기다릴 뿐이다."

암왕은 다시 방립을 쓰며 말했다. 길게 찢어진 눈에 쓸쓸함

이 어렸다. 결국 밝혀진 것은 없었다. 더한 의문만을 품었을 뿐이다.

당가타를 비우면서까지 한 걸음이건만.

"아쉽군······."

암왕은 짧은 한숨을 삼키며 중얼거렸다. 하지만 그는, 그들은 자신들을 바라보는 눈이 있음을 꿈에도 알지 못했다.

하기야 아무리 암왕이다, 천중십존이다 하여도 아무런 기척도, 감정도 없는 눈, 그것도 하늘 위로 수십 킬로 위에 놓인 눈을 알 수는 없는 일이었다.

―보고드립니다.

무궁화의 음성에 땀을 흘리던 이환은 고개를 들었다.

"무슨 일이야?"

―운남 영상 재생합니다.

무궁화는 운남에서 찍은 영상을 화면에 올렸다. 이환은 뚝뚝 떨어지는 땀을 닦으며 가만히 그 영상을 바라보았다.

―재생 종료합니다.

"재미없게 됐군."

이환은 땀에 젖은 수건을 어깨에 걸치며 혀를 찼다. 독왕곡의 멸문과 독왕의 죽음에 왜 당가가 나서는 것인가.

이환은 옆에 놓인 차가운 물을 들이켜며 수련의 열기로 들

끓는 머리를 차갑게 식혔다. 그는 남은 물을 머리 위에 부었다. 차가운 기운에 정신이 번쩍 들었다.

그는 흘깃 옆을 내려다보며 물었다.

"복구는 언제 끝나겠나?"

―…….

그의 앞에는 열 구의 나노 천마강시가 만신창이가 되어 천천히 복구되는 중이었다.

―손실율 80%. 나노머신 가동율 200% 초과 운용 중. 약 30여 시간이 소요될 것으로 예상됩니다.

무궁화의 보고에 이환은 자신의 손을 내려다보았다. 열 구의 나노 천마강시의 합공을 이 두 손으로 모두 박살 낸 것이었다.

"천마섬환……."

익히고 닦을수록 정말 끝이 보이지 않았다. 이환은 성취감에 잠시 만족한 미소를 지었다.

수련실로 사용하는 모니터 룸을 나서며 이환은 잠시 멈칫했다. 그는 스륵 하는 소리와 함께 복구 중인 열 구의 강시들을 바라보았다.

잠시 주저하던 그는 짧게 한마디를 남기며 밖으로 나섰다.

"수고했다."

이환은 셔츠의 단추를 잠그며 빠르게 걸었다. 그는 통제실로 향했다.

야왕에 이어 이번에는 암왕인가. 철저하게 흔적을 지웠다 생각했는데 무림인이란 족속을 너무 얕보았던가.

"무궁화, 공손무외의 행적을 파악하도록."

이환은 짧게 명령했다.

수련의 열기를 모두 떨쳐 낸 이환이었다. 두 눈은 차갑게 가라앉아 있었다.

이환은 문득 싸늘히 조소했다.

암제와 암왕이라…….

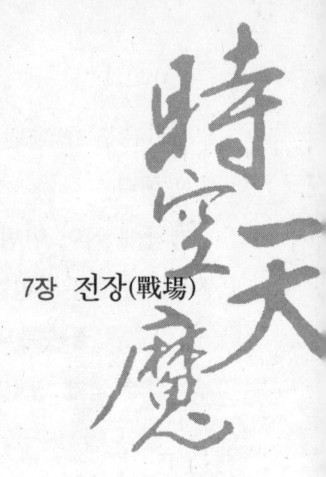

7장 전장(戰場)

죽산정.

사방에 하늘을 찌를 듯 높이 솟은 대나무였다. 그 한가운데 단아한 한 채의 정자가 있었다.

바람이라도 한번 불어들면 빼곡한 대나무들끼리 서로 제 몸을 흔들어 시원한 소리를 흘렸다.

죽산정은 그래서 명물이었다. 인적이 드물다는 것도 이유 중 하나였지만. 뭇 선남선녀들이 서로 만나 오붓한 밀어를 주고받는 곳이 바로 죽산정이었다.

그곳에서 어색한 얼굴의 풍적소가 초조하게 제자리에서

배회하고 있었다. 애정의 밀어와 전혀 관련없을 듯한 벽창호 사내가 풍적소 아닌가.

그는 여령과의 강압적인 약속에 우는 심정으로 죽산정을 찾았다.

겨우 얼마 전까지 수습한 성호장에 관련된 일에 피곤함이 어깨를 무겁게 했지만, 여령과의 약속을 저버릴 수는 없었다.

이 약속을 지키기 위해 치천세가 놀랄 정도로 빠르게 일을 마치지 않았던가. 밤을 하얗게 지새운 탓인지 풍적소의 눈 아래가 거뭇했다.

풍적소는 피곤함보다도 이 자리에 대한 어색함 때문에 한숨이 끊이지 않았다.

그는 재차 짧은 한숨을 흘리며 녹음 짙은 죽림 사이로 빠끔히 드러난 푸른 하늘을 올려다보았다.

하얀 구름이 고요히 흘렀다.

문득, 어색하기만 하던 그의 얼굴이 점차 걱정으로 물들어갔다.

푸른 하늘, 해는 조금씩 기울고 있었다.

약속한 시간이 제법 지나 있었다. 그런데 여령은 아직껏 오시 않고 있었다.

시간관념이 철저한 그녀가 늦을 리는 없을 텐데. 풍적소는 서서히 걱정하는 마음이 들었다.

밖으로 나서볼까 하다가 그러다 엇갈리기라도 하면 어쩌나 싶었다.

풍적소는 초조한 마음에 애꿎은 부챗살만 연신 만지작거리며 못살게 굴었다.

한참을 고민하던 그는 결국에 부채를 소리나게 접고는 급히 발걸음을 돌렸다.

아무래도 더 기다릴 수가 없었다.

급한 걸음으로 죽산정의 계단을 뛰듯이 내려갔다. 그때였다. 멀리 대나무 숲길 사이로 하얀 인영이 차분히 걸어오고 있었다.

풍적소는 흠칫하여 인영의 모습을 바라보았다.

평소와 달리 화사한 하얀 비단옷을 걸친 여령이 사뿐사뿐 조심스런 걸음으로 다가오고 있었다.

"여, 여 소저?"

풍적소는 눈을 깜빡이며 멍청하게 중얼거렸다. 여령에게 저런 모습이 있었던가. 여령의 미모가 결코 모자라지 않다는 것은 익히 알고 있는 바였지만, 그녀의 꾸민 모습에 풍적소는 절로 넋을 잃었다.

너무도 당혹스러웠다.

언제나 사내다운 모습으로 큰소리 잘 치던 여령이 다소곳한 모습으로 다가올 줄이야.

한참을 걸어 가까이 다가설 때까지 풍적소는 멍한 눈으로 여령의 모습을 바라만 보았다. 눈을 떼지 못했다.

여령은 박옥같이 하얀 이를 드러내며 웃었다. 연지 바른 붉은 입술에 하얀 이는 눈부셨다.

"히이, 오래 기다렸어?"

"아, 아니, 아닙니다."

"왜 나와 있어?"

"아, 저, 저… 무슨 일이라도 있나 싶어서……."

풍적소는 더듬더듬 어렵게 말을 이었다. 그의 당혹스러워 하는 모습에 여령은 내심 득의한 웃음을 흘렸다.

'쿄쿄쿄, 역시 꾸미기 나름이라니까.'

하지만 겉으로는 아주 기품있는 모습으로 코끝을 세운 그녀는 풍적소를 스치고 지나며 죽산정에 올랐다.

"뭐 해, 안 오… 우악!"

한 걸음 한 걸음 돌계단을 밟던 그녀는 풍적소를 돌아보며 말했다. 그 순간, 치렁한 치맛자락을 밟고 말았다.

멋 낸답시고 익숙지 않은 옷을 입은 탓이었다. 그녀는 갑작스레 균형을 잃고 그대로 앞으로 고꾸라졌다.

여령은 눈을 꾹 감았다. 아픈 것도 아픈 거지만, 이거 쪽팔려서 어떻게 하냐.

하지만 아프지 않았다. 여령은 꼭 감았던 눈을 천천히 떴다. 당장이라도 부딪칠 듯 돌계단이 눈앞에 있었다. 그녀가 조심스럽게 고개를 들자 어느 틈에 옆으로 달려왔는지 풍적소가 그녀의 허리를 감싸 안고 있었다.

감싸 안았다? 허리를? 깨닫기가 무섭게 여령의 얼굴이 확 달아올랐다.

그녀의 속도 모르고 이제 제법 진정한 풍적소는 잔잔한 미소를 머금은 채 말했다.

"위험했습니다."

"아, 응… 고마워."

여령은 어쩐지 부끄러워 풍적소의 얼굴을 바라볼 수 없었다. 눈치 없는 풍적소는 그녀를 살피며 물었다.

"달리 다치신 곳은 없으신지요?"

"어, 없어!"

여령은 당혹감에 버럭 외쳤다. 순간 정적이 흘렀다. 풍적소는 어리둥절한 얼굴로 고개 숙인 여령의 모습을 바라보았다.

내가 뭘 잘못했나?

여령은 귓불까지 빨갛게 달아올랐다. 심장이 쿵쾅거리는 소리가 강하게 울렸다. 주저하던 그녀는 용기를 내어 풍적소의 얼굴을 살폈다.

의아함과 걱정이 동시에 담긴 눈으로 그녀를 바라보고 있었다. 시선을 마주하기가 무섭게 여령은 급히 고개를 숙였다.

"나, 나 그만 갈래."

"아, 그럼 제가 모시……."

"아냐! 됐어! 나, 나 혼자 갈 수 있어."

여령은 풍적소의 눈을 외면하며 급히 고개를 가로저었다. 그녀는 그를 밀치며 도망치듯 빠른 걸음으로 죽산정을 내려갔다.

풍적소는 어리둥절할 뿐이었다. 자신이 무언가 실수라도 했나 돌이켜 보지만 짐작 가는 바가 전혀 없었다.

"여 소저……?"

이환의 눈썹이 꿈틀거렸다. 그는 뚫어져라 바라보던 눈을 돌리며 중얼거렸다.

"…이러다가 재미 들리겠군. 큽."

딱히 여가라 할 수 있는 것이 없는 이환이었다. 그의 하루는 언제나 무미건조했다.

수련, 휴식, 수련, 휴식, 그리고 장가촌과 모용세가를 비롯한 뭇 무림에 대한 체크.

그런 그에게 늦은 춘풍에 곤란해하는 풍적소의 모습은 꽤나 볼만한 일이었다.

이환은 피식 실소를 흘리며 정지 화면마냥 죽산정 아래에 멍하니 서 있는 풍적소의 모습을 바라보았다. 그는 문득 얼굴을 굳혔다.

하긴 풍적소만의 문제라 할 수는 없겠지.

그는 고개를 돌렸다. 옆의 화면에는 임관홍이 있었다. 그녀는 넓은 게스트 룸에서 조심스런 모습으로 서성이고 있었다. 하긴 무엇 하나 익숙할 리가 없겠지.

화장실조차 제대로 이용하지 못했으니.

그때, 가사 로봇의 도움이 절실할 정도로 감사하지 않았던가. 파랗게 질린 안색으로 안절부절못하는 임관홍의 얼굴이 떠오르자 이환은 피식 저도 모르게 웃음을 흘리고 말았다.

신체 상태를 체크한 무궁화가 아니었다면 정말…….

이환은 짧은 한숨을 흘리며 몸을 일으켰다. 더 이상 그녀를 방치하고 있을 수는 없었다.

이제나저제나 하며 임관홍은 닫힌 문을 바라보았다. 문이 잠겨 있는 것은 아니었다. 가까이 다가가면 저절로 열리고, 다시 멀어지면 저절로 닫히는 문이 그녀의 눈에는 신기할 따름이었다.

기관지학의 오묘함인가 생각하면서도 그녀는 좀체 적응하지 못했다.

이곳은 하나에서 열까지 신기하지 않은 것이 없었다. 도대체 이런 곳을 어떻게 만들 수 있단 말인가.

임관홍은 자신이 앉아 있는 침대를 쓰다듬으면서도 흠칫흠칫 놀랐다. 상품의 비단도 이렇게 부드럽지는 않았다.

왕후장상들이나 사용할 법한 침대고 이불이었다. 천장에 밝힌 불이 아닌 빛은 또 어떠한가.

수정 구슬이 주렁주렁 달린 그것은 여럿의 빛이 모여 한낮의 햇살만큼 밝은 빛을 계속해서 뿌리고 있었다.

거기에 꺼지고 켜지는 것이 한순간에 이뤄지니.

임관홍은 엉거주춤 침대에서 일어났다. 그녀는 샹들리에 아래로 가 뚫어져라 반짝이는 수정들을 바라보았다.

"뭐 하는 건가?"

"어머나!"

갑작스레 들려온 목소리에 임관홍은 깜짝 놀라 주저앉았다. 그녀는 놀라 두 눈을 동그랗게 뜨고 뒤를 돌아보았다. 이환이 있었다. 그는 문간에 기대어 임관홍의 모습을 빤히 내려다보고 있었다.

"샹들리에가 신기한가?"

"시, 상?"

이환은 실내로 천천히 걸어 들어왔다. 그는 한쪽에 놓인 소파에 다리를 꼬고 앉았다.

무릎 위에 두 손을 올린 이환은 가까이 다가온 게스트 룸 전담의 가사 로봇에게 말했다.

"커피. 블랙으로."

"네, 알겠습니다. 임관홍님은 드시지 않겠습니까?"

"아, 전… 괜찮아요."

"네, 알겠습니다."

가사 로봇은 뒤돌아 그대로 사라졌다. 얼마 지나지 않아 커피 잔이 이환의 앞으로 왔다.

이환은 손을 뻗어 잔을 쥐며 물었다.

"언제까지 그러고 있을 텐가?"

"네? 아!"

이환의 물음에 임관홍은 그제야 자신이 주저앉아 있음을 깨닫고 다급히 몸을 일으켰다.

얼굴이 홍시마냥 붉었다.

이환은 그런 임관홍의 얼굴을 보지 않았다. 그는 잔을 기울여 커피를 한 모금 들이켰다.

진한 커피 향과 맛이 입 안을 가득 채웠다. 그는 앞에 놓인 티 테이블에 커피 잔을 내려놓았다.

달그락 하는 작은 소리에도 긴장한 임관홍은 흠칫 어깨를 떨었다.

무슨 면접이라도 보는 것 같군.

이환은 속으로 생각하며 그녀에게 자리를 권했다.

"웬만하면 앉지 그러나."

임관홍은 이환의 눈치를 살피면서도 그의 말에 따랐다. 그녀는 최대한 이환과 멀리 떨어진 소파에 그야말로 살짝 엉덩이만 걸쳤다.

불편할 텐데. 하지만 상관없나.

이환은 지그시 임관홍을 바라보았다. 그의 시선 앞에서 임관홍은 너무도 부끄러웠다. 푹 떨어지는 고개는 너무도 무거웠다. 바보같이.

임관홍은 붉은 입술을 꾹 깨물었다. 마주하면 하고 싶은 말, 묻고 싶은 말이 산더미 같았는데 정작 마주하니 아무런 말도 하지 못하고 바보 같은 모습만 보이다니.

임관홍은 자신이 한심해서 견딜 수가 없었다.

그때, 이환이 물었다.

"왜 온 건가?"

조금의 감정도 없는 싸늘한 물음이었다. 임관홍은 흠칫하며 고개를 치켜들었다. 무심한 눈이 자신을 바라보고 있었다.

"저, 저는……."

딩횡힌 임관홍은 머뭇거리며 말을 더듬었다. 분명히 할 말은 많이 생각했는데 아무런 말도 떠오르지 않았다.

"전, 전……."

임관홍은 시선을 떨어뜨렸다. 이환의 싸늘한 눈을 마주할 용기가 들지 않았다.

이환을 만나겠다고 다짐했던 결심이, 어떤 결과라도 무릅쓰고 이환의 한 팔을 거들겠다고 했던 다짐이 눈 녹듯 사라졌다.

임관홍은 불현듯 깨달았다. 이환은 홀로 완성된 자, 그녀가 개입할 여지는 애초부터 없었다. 바라만 보는 걸로도 좋다는 것은 자신의 착각에 지나지 않았다.

"그, 그런… 눈으로 보지 마세요!"

"……."

임관홍은 발작적으로 외쳤다.

아무런 감정도 실리지 않은 눈을, 사람 아닌 사물을 바라보는 듯한 눈을 임관홍은 감당할 수 없었다.

하지만 이환은 눈을 돌리지 않았다. 오히려 성큼 걸어가 허물어진 그녀의 앞에 앉았다.

그는 똑바로 직시하며 물었다.

"무슨 생각으로 찾아온 건가?"

"그, 그건……."

얼굴이 가까웠다. 숨결이 와 닿았다. 하지만 싸늘한 눈빛에 임관홍의 얼굴이 창백하게 질렸다.

고개를 돌리고 싶었다. 하지만 이환은 그것을 용납하지 않왔다.

직시하는 무감한 눈에 임관홍은 결국 허물어졌다. 큰 눈동
자에 눈물이 가득 차올랐다.

"보고, 보고 싶었어요……. 그저 당신을 한 번만이라도 다
시 보고 싶었어요……."

또르르…….

굴러 떨어지는 눈물방울은 불빛에 비춰 반짝였다. 이환은
닦아주지 않았다.

가인(佳人)의 눈물에 나라의 흥망성쇠가 걸린다곤 하지만,
지금 이환에게는 아무런 가치도 없는 듯했다.

그는 여전한 무표정으로 몸을 일으켰다. 임관홍은 바닥에
엎드린 채였다.

굵은 눈물방울이 보석처럼 떨어져 부서졌다.

스륵 하는 소리와 함께 이환은 밖으로 나가 버렸다. 우는
그녀를 더 이상 바라보고 있을 이유가 없었다. 당혹스럽다는
마음이 없다면 그것은 거짓이었다.

하지만 이유를 알 수 없었다.

이환은 짧게 혀를 찼다. 그는 멀리 가지 못했다. 복도의
끝에 멈춰 선 그는 임관홍이 있는 방향을 말없이 바라보았
다.

"보고 싶었다라……."

천 마디의 변명보다 와 닿는 말이었다. 눈물에 젖은 한마디에 이환은 연유 모를 심란함을 느껴야 했다.

얼마나 시간이 흘렀을까. 한참 동안 해야 할 일도 잊고 굳은 듯 서 있던 이환은 피식 짧게 조소하며 신형을 돌렸다.

"그만둬라, 이환. 무슨 잡생각이냐."

그는 스스로도 모르게 살며시 스며든 온기를 강하게 부정하며 크게 걸었다.

"무궁화, 수련에 들어간다. 오늘은… 전부 다 들어오라고 해!"

이환은 악문 잇새로 거칠게 외쳤다. 그는 무궁화의 대답을 기다리지 않았다.

임관홍은 끅끅 소리를 내었다. 옷소매를 겨우 깨문 그녀는 그렇게 오열을 참았다.

한심한 것, 한심한 것.

그녀는 스스로를 탓하며 하염없이 눈물을 쏟았다. 차라리 죄 흘려내 아주 말라 버렸으면 좋겠다. 그리 마르고, 말라 버리면 이 아픔, 이 부끄러움도 사라지지 않을까.

헛된 생각임을 알면서도 임관홍은 쉬이 눈물을 그치지 못했다.

　　　　*　　　　*　　　　*

　"허억, 허억, 허억……!"

　아직은 안 되는 것인가. 멀쩡히 서 있는 강시들을 보며 이
환은 굽은 허리를 겨우 폈다. 심장이 터질 것 같았다.

　수련실로 사용하는 넓은 방 안은 그가 흘린 땀으로 흥건했
다. 그 앞에서 강시들은 무감정한 눈으로 이환을 바라만 보고
있었다.

　무슨 명령이든 기다리고 있었다. 이환은 고개를 좌우로 꺾
었다. 천마섬환, 천마섬환…….

　벌써 몇 번째 전력을 다한 천마섬환을 뿌려댔는지 기억도
나지 않았다. 손끝이 부들부들 떨렸다.

　이환은 흘깃 구석을 돌아보았다. 처음 이환이 행동 불능 상
태로 만들어 버린 강시들이 가만히 누워 있었다. 은빛의 액체
가 바쁘게 일렁이며 한창 복구 중이었다.

　그 수는 고작 삼십. 아직도 그의 앞에는 삼백의 강시가 있
었다.

　"후웁!"

　길게 숨을 들이켠 이환은 짧게 웃었다. 몸은 힘들지만 적어
도 지금은 속이 편했다.

"덤벼."

그의 말이 떨어지기가 무섭게 초점 없는 강시들의 눈에 빛이 번뜩였다. 강시들은 이전보다 훨씬 **빠른** 모습으로 이환을 향해 달려들었다.

도수(刀手)로 펼치는 매화검진이었다. 강시들의 손 그림자가 그의 주변을 가득 메웠다. 그림자만으로도 위압감이 대단했다. 그러나 이환은 주저하지 않았다.

"차합!"

이환은 드물게 일갈을 내지르며 삼백의 그림자 속으로 뛰어들었다.

움직임은 격렬했다. 이환의 정신은 격렬함 속에서 더욱 예리하게 날을 세웠다. 그럴수록 강시들의 움직임은 더욱 자연스럽고 위력적으로 변해갔다. 더 이상 강시의 어색한 움직임 따위는 없었다.

이환의 눈이 허점을 찾기가 무섭게 강시들은 그 허점을 메웠다. 모든 것이 찰나지간 벌어지는 일이었다.

이환과 강시들의 격렬함은 끊임없이 타오르는 지저의 용암과 같이 갈수록 열기를 더해갔다.

그 격렬함 속에서 이환은 평온함을 느꼈다. 어느 순간, 그는 퍼뜩 깨달았다.

파팡!

"크윽!"

순간의 방심이 틈을 만들었고, 그 틈은 뼈아픈 실책을 만드는 법이었다. 이환의 손이 잠시 멈춘 사이, 거센 일격이 그 틈을 비집고 쏟아져 들어왔다.

삼백이 하나가 되어 쏟아진 힘이었다.

악문 잇새로 왈칵 핏물이 치솟았다. 그는 자신이 쓰러뜨린 시체들 사이에 거세게 처박혔다.

"그, 그만……."

쓰러진 곳에서 이환은 겨우 중얼거렸다. 속삭임에 가까운 소리였지만 명령으로서는 충분했다.

강시들의 몸이 일제히 멈췄다.

한참이 지나도록 이환은 몸을 일으킬 수 없었다.

몇 번이나 되는 탈태를 겪고 불괴에 가까운 신체를 지니게 된 그였지만, 그럼에도 지금의 일격은 쉽게 떨쳐 낼 수 있는 것이 아니었다.

호흡을 가다듬을수록 격통이 밀려들었다. 이환은 눈을 감은 채 고통에 익숙해질 때까지 기다렸다.

시간은 그리 오래 걸리지 않았다. 이환은 비척이며 몸을 일으켰다. 앞에는 삼백의 인영이 무감동한 눈으로 이환을 바라보고 있었다.

명을 기다리고 있었다.

"크큭… 크크……."

이환은 자조적인 웃음을 흘렸다. 비틀린 조소였다. 그 자신을 향한 조소였다.

웃음에 어깨가 흔들렸다. 가슴의 격통이 당장이라도 그를 찢어버릴 듯 전신으로 퍼져 갔다.

하지만 이환은 웃음을 그치지 않았다. 오히려 이 고통이 달가웠다. 자신의 어리석음에 대한 반성이었다.

"크, 크하하, 하하하… 아아아아악!"

점차 커지던 웃음소리가 곧 노성으로 돌변했다. 이환은 힘을 다해 괴성을 내질렀다.

그의 일갈이 넓은 이 공간을 뒤흔들었다.

부릅뜬 눈에 핏발이 섰다. 그는 곧 힘없이 바닥에 주저앉았다.

삼백과의 목숨을 다한 결전 중에서 그는 한 가지 사실을 깨달았다. 그 자신은 평온 속에 안정할 수 있는 존재가 아니었다.

한평생을 기계와의 전쟁으로 보내왔다. 그것이 전부였다.

그런데 지금은 무림이란 곳을 상대하려 하고 있었다.

십왕이라 불리는 자들, 그리고 소림.

그들은 지금 무림이란 곳의 전부라 하여도 과함이 없을 정도의 상대들이었다.

귀찮다 하지만 그는 분명 희열을, 열의를 느끼고 있었다.

상대할 적이 있다는 사실에 그는 안도하고 있었다.

장가촌을 세상으로부터 숨기고 소소의 평안한 모습을 보고자 했던 것은 어쩌면 자기기만에 지나지 않았다.

임관홍을 배척하던 자신에 대해서도 이환은 깨달을 수 있었다. 임관홍은 충분히 그를 안도에 젖게 만들 만한 사람이었다. 어쩌면 낯간지러운 말이지만 정인이란 이름을 붙일 수도 있었다.

하지만 밀어냈다.

왜? 나의 평온, 전장을 방해하기 때문이었다.

구역질이 났다. 이환은 스스로에게 참을 수 없는 불쾌함을 느꼈다. 지금 뒤집어쓴 땀이 제 것이 아닌 것 같았다.

"……."

이환은 이를 악물었다. 핑계에 불과했다. 교묘한 기만이었다. 자기합리화였다. 안주할 평화를 지키겠다 하며 그는 자신의 전장을 찾고 있었다.

끝내지 못한 전장을.

"크, 크크크… ㄱㅋㅋ……."

이환은 숨죽여 웃었다. 천천히 몸을 일으켰다. 가슴의 통증에 몸을 가누기 힘겨웠지만 개의치 않았다.

그는 입가에 흐른 한줄기 핏물을 거칠게 닦아냈다. 그의 앞에 삼백의 강시들이 부동자세를 취하고 있었다.

이환은 씨익 입매를 비틀어 올렸다. 그는 손가락 하나를 세워 까딱거렸다.

"덤벼."

작은 중얼거림에 강시들은 반응했다. 해일처럼 몰아쳐 오는 강시들의 검은 그림자를 바라보며 이환은 웃었다.

더 이상 혼란함은 없었다.

그래, 나의 전장은 아직 끝나지 않았다.

"흐아아아압!"

지금까지의 혼란, 주저, 거리낌을 모두 토해내듯 이환의 일성이 수련실을 흔들었다. 그 위로 강시들의 검은 그림자가 쏟아져 내렸다.

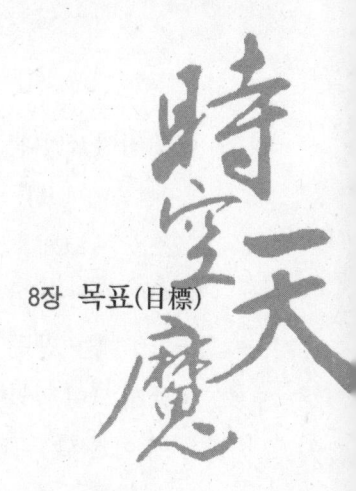

8장 목표(目標)

　"이환님!"

　소소는 실로 오랜만에 장가촌에 모습을 나타낸 이환의 모습에 크게 기뻐하며 멀리서부터 전력으로 달려왔다. 숨에 차 두 볼이 발갛게 달아올랐다. 그러면서도 소소는 배시시 웃었다.

　"정말 오셨네요?"

　"응?"

　이환은 소소의 말에 잠시 눈살을 찌푸렸다. 정말 오셨네요 라니 무슨 말이지? 하지만 이상할 것 없이 소소는 이환의 소매를 잡아끌었다.

"이쪽이에요!"

소소는 크게 들뜬 모습이었다. 발갛게 두 볼을 물들인 그 아이는 이환을 이끌고 장가촌의 가운데로 갔다.

그곳에는 잔뜩 차려진 잔칫상과 함께 장가촌의 사람들이 둥글게 모여 있었다.

애 어른 할 것 없었다. 모용세가의 열 명도 그 자리를 지키고 있었다.

"이환님."

촌장이 감격한 눈으로 이환에게 다가와 깊이 허리를 숙였다. 이환은 어리둥절하지 않고 눈매를 날카롭게 했다.

무슨 짓이지?

"무궁화, 보고하라."

―마을 축제입니다. 15일 전 이환님께서 소소님께 참가하겠다고 답하셨습니다.

"……."

그런 일이 있었던가. 귀에 울리는 무궁화의 보고에 이환은 짧게 혀를 찼다. 그 소리를 들었음인지 깊이 허리 숙였던 촌장의 앙상한 어깨가 움찔했다.

"마, 마음에 들지 않으신지……."

조마조마한 심정이 뚜렷한 촌장의 움푹한 눈동자에 이환

은 대답없이 고개를 흔들었다.

그제야 촌장은 어색하게 웃으며 주변 사람들에게 손짓했다.

"무엇들 하는 게야. 어서 상석으로 모셔야지."

"예, 촌장님!"

치천세가 간만에 솜씨를 부려 금을 연주하니 사람들의 흥겨움은 취기를 빌려 단숨에 높이 솟았다.

조악한 음식일망정 장가촌 사람들의 정성이 가득했다. 들뜬 아이들의 재잘대는 웃음소리가 가까이서 울렸다.

이환은 박주로 가득한 술잔을 잠시 내려다보았다. 흙으로 빚은 투박한 술잔에 탁한 박주는 일렁였다. 이환은 선뜻 손을 내밀지 않았다.

그는 고개 들어 흥겨움 속에 춤추는 장가촌 사람들을 바라보았다. 이환이 처음 왔을 때에 비하면 한결 밝아지고, 삶에 대한 희망을 품은 사람들이었다.

그 한가운데에 소소가 있었다. 거친 옷감이지만 하얀 옷을 곱게 차려입은 소소는 사람들과 어울려 맑게 웃었다. 그 옆에 운비를 비롯한 장가촌의 어린아이들도 있었다.

아이들의 웃음소리는 유달리 맑았다.

이환은 짧게 웃었다. 이것이 평화일까. 이것을 지키고 싶은 것이냐, 이환.

그는 스스로에게 물었다. 흔들리는 자신을 인지하고 있기 때문이었다. 어쩌면 이런 날에 함께하게 된 것이 다행일지도 몰랐다.

새삼 느슨했던 목표가 다시 확고해지는 듯했다.

그래, 이것이 나의 평화다. 어떤 이유에서건 평화를 범하려 하는 자 결코 용납하지 않을 것이다.

이환은 한 번에 술을 털어 넣고 몸을 일으켰다.

"이, 이환님?"

주변의 모든 시선이 그에게 모였다. 당황한 눈빛들이었다. 어느 틈에 금 소리는 멈췄다. 다들 엎드려야 할지 어찌해야 할지 몰라 엉거주춤한 모습이었다.

이환은 웃지 않았다. 그는 무감한 눈으로 말했다.

"계속 즐기시오."

"이환님께서는……."

"……."

이환은 대답하지 않았다. 그는 그대로 피풍의를 펄럭이며 자리에서 벗어났다. 한 번 깨져 버린 흥은 쉬이 살아나지 않았다. 그들은 멀어지는 이환의 모습을 망연히 바라보았다.

그 흥을 되살린 것은 풍적소와 치천세였다. 풍적소의 눈짓에 치천세는 지체없이 금을 탔다. 튕기는 현 소리에 사람들은 흠칫하며 고개를 돌렸다.

"하하, 뭣들 하시오. 이환님께서 계속 즐기라 하지 않으셨소. 막내야, 어서 나와서 가락 하나 뽑아봐라!"

"어, 어어?"

"그래! 막내 나가라!"

치천세의 쾌활한 외침에 광견화가 옳다구나 맞장구쳤다. 도사자 철한은 커다란 덩치로 어쩔 줄 몰라 하며 밀려 나왔다.

붉어진 그 얼굴에 사람들은 와락 웃음을 터뜨렸다.

"에, 에, 그러니까… 아유, 왜 하필 나요, 형님!"

머뭇하던 철한은 결국 울상을 하고는 원망스레 외쳤다. 덩치에 안 어울리는 그 모습이 또 사람들을 더 크게 웃게 만들었다.

그래도 소소는 못내 아쉬움 가득한 눈으로 멀어지는 이환의 뒷모습을 바라보았다.

"소소야!"

뒤에서 운비가 외쳐 불렀다. 소소는 운비를 잠시 돌아보고는 주저하며 돌아섰다.

앞에 친구들이 있고, 흥겨운 음악 소리, 웃음소리가 있으며, 맛난 음식들이 있었지만 소소는 어쩐지 허전해서 솔직하게 즐겁지 않았다.

기대했던 날인데, 기대했던 날인데…….

소소는 운비 등에게 다가가면서도 계속해서 뒤를 힐끔거
렸다. 혹시라도 이환이 다시 오지 않을까 싶은 어린 마음에.

뒤에서 비춰오는 불빛과 울리는 웃음소리에 이환은 잠시
걸음을 멈췄다. 저들의 평화는 곧 나의 평화. 저들의 안식은
곧 나의 안식. 아무리 전장 속에서 안도한다지만 나로 인해
저 평화와 안식이 깨어진다는 것은 결코 용납할 수 없었다.

이환은 쓰게 웃었다.

                    *   *   *

이환이 생각하는 평화에서 철저히 소외된 사람이 있었다.
그들은 불청객이었다. 그들은 적어도 이환에게는 사람이 아
니었다.

보각을 비롯한 소림의 백팔금강나한들이었다.

여느 때와 다름없는 일상이었다. 헛간에 앉아 주는 밥을 먹
고 운기하며 불경을 읊었다.

탕마멸사를 기치로 무도 정진이 전부였던 금강나한들에게
는 정말 생각지도 못한 일이었다.

보는 눈이 있으며, 비좁은 이곳에서 그들이 평소대로 무공

을 연마할 수는 없는 일이었으니 어쩔 수 없었다.

그들에게 법경을 강론하는 것은 보각이었다. 학승 출신이었기에 비록 오랜 세월 외면했다고는 하지만, 불경의 문구에 대해 전부 잊은 것은 아니었다.

비록 번뇌에 빠져 주화입마에 든 보각이었지만, 번뇌 중 제일이라는 치번뇌에 빠져들 정도로 불가의 지식이 풍부한 보각이었다.

그가 지금 나한들에게 들려주는 것은 금강경의 구절이었다.

금강나한이 금강경의 강론을 이제야 듣는다고 생각하니 우스웠다.

"보살(菩薩)이 어법(於法)에 응무소주(應無所住)하야 행어보시(行於布施)니……."

"……."

금강경의 암송에 나한들은 눈을 감고 제각기 생각에 잠겼다.

보각은 묻지 않는 금강나한들을 바라보며 짧은 한숨을 흘렸다. 한심한 일이다.

나아가 세상을 현혹하는 사마 무리를 상대하기에도 모자랄 판국에 무슨 금강경의 강론인가.

보각은 나한들 몰래 한숨을 흘렸다. 금강경에 대해 강론할

수록 그는 자신의 무력함을 더욱 선명하게 느꼈다.

마란 사특한 것. 비록 용맹정진한 불심이라 하여도 마도에 빠져드는 것은 순식간이었다.

그 자신이 그렇지 아니했던가.

보각은 더욱 깊은 생각에 빠져들었다. 은연중에 반야심공을 일으켰음인가, 은은한 향기가 한가닥 피어올랐다.

가까이서 명상에 잠겨 있던 나한 중 하나가 흠칫 눈을 떴다. 은은한 향은 연화향이 분명할진대 무언가 석연찮은 점을 느꼈기 때문이다.

하지만 자책감에 찌푸린 보각의 모습에 그는 고개를 흔들었다. 보각의 심정을 어찌 이해 못하겠는가.

여기 나한들도 하나같이 괴로움에 젖어 있으니.

그는 다시 눈을 감고 좌정에 들었다. 보각이 읊어준 금강경의 구절이 계속해서 머릿속에서 맴돌았다.

경전의 법문 한 구절에서 무슨 깨달음을 얻으리라고는 생각하지 않았다. 다만 지금 그에게는, 나한들에게는 그것밖에 달리 할 수 있는 것이 없을 뿐이었다.

*   *   *

임관홍은 땀을 흘리고 있었다. 그녀의 손끝에서 옥루가 울었다. 넓은 게스트 룸은 무공을 펼치는 데 있어서 전혀 장애가 되지 않았다.

지금까지의 혼란함을 애써 떨쳐 내려는 듯 검끝을 노려보는 그녀의 눈초리는 매서웠다.

혼신의 힘을 다해 검초를 펼쳐 갔다.

옥루도 덩달아 신명이 나는 듯 나직이 울음을 토했다.

샹들리에의 불빛 아래에서 옥루검은 사방으로 예기를 흩뿌렸다. 검기를 일으키지 않았지만 번쩍이는 검광은 충분히 강렬했다. 아름다웠다.

깊이 몰입한 임관홍은 자신을 바라보는 시선이 있음을 전혀 깨닫지 못했다.

그녀에게는 다행일지도 몰랐다.

열린 문가에 이환이 기대서 있었다. 그는 말없이 임관홍의 미쁜 검초를 바라보았다.

타인의 무공 수련을 엿보는 것은 금기라 했던가.

이환은 전혀 신경 쓰지 않았다. 무심한 그의 눈은 현란한 임관홍의 검영(劍影)을 하나하나 꿰뚫었다.

그의 머릿속에서 임관홍의 무공은 시작과 동시에 파훼되었다. 철저히 싸우는 자의 눈으로 바라본 임관홍의 무공은 분명 위력적이나 허점이 컸다.

하지만 그런 눈을 거두고 바라보면……

이환은 인정할 수밖에 없었다. 임관홍의 검초가 다시 반복 되기 시작했다.

이환은 쓰게 웃으며 기댄 몸을 일으켰다.

"아름답군……."

짧은 중얼거림을 남긴 채 열렸던 문이 소리없이 닫혔다.

"응?"

뒤늦게 임관홍은 숨을 헐떡거리며 고개를 돌렸다. 무슨 소 리가 들린 듯한데, 돌아보았지만 아무도 없었다.

땀에 젖어 달라붙은 앞머리를 쓸어 넘기며 임관홍은 고개 를 갸웃거렸다.

이환은 수련실로 향하려던 걸음을 멈췄다. 더 이상 상대할 것이 없었다.

"나노 천마강시들의 복구율은 어느 정도지?"

―현재 68%에 있습니다.

그런가. 이환은 잠시 눈을 내리깔았다. 그것을 다시 경험 하고 싶다.

삼백의 강시들 속에서 자신도 모르게 떨쳤던 마지막 한 수.

천마번천(天魔翻天).

그것이 천마번천이 아니면 무엇을 번천이라 할까. 이전까 지 펼칠 수 있었던 천마번천수와는 경지 자체가 달랐다.

천마번천수가 나비의 날갯짓이라면, 천마번천은 말 그대로 번천이었다. 하늘을 뒤집어 버릴 거대한 힘.

무의식중에 떨쳐 낸 천마번천은 삼백여 구의 강시를 동시에 행동 불능 상태로 만들었다. 초합금으로 이루어진 수련실을 완전히 폐허로 만들어놓았다.

그렇다면 마지막 천마강림은 도대체 어떻단 말인가.

이환은 자신의 두 손을 연신 쥐었다 폈다 했다. 상상이 가질 않았다. 그렇기에 희열이 있었다.

이뤄낼 수 있다는 자신감과 함께 이뤄내고 말겠다는 이환 특유의 오기가 동시에 끌어올랐다.

그는 문득 고개를 돌렸다. 닫힌 임관홍의 방문이었다. 그녀는 아무런 상대도 없이 홀로 검법을 연마하고 있었다. 말하자면 이미지 트레이닝인가?

그것도 좋겠지.

이환은 발걸음을 돌렸다. 그가 향한 곳은 평소와 같은 수련실이 아니었다.

천마비묘. 전대 천마가 잠자고 있던 그 자리에 이환은 섰다. 천마의 시제는 사그라져 사라지고 없었다.

쓸쓸히 남은 투박한 사각 석대가 그를 기다리고 있었다.

시신이 앉았던 자리. 이환은 조금의 껄끄러움도 없이 그 자리에 가 앉았다.

가부좌를 튼 그는 잠시 호흡을 가다듬었다.

반개한 그의 눈앞에 그때의 상황이 그려졌다.

'아니, 좀 더, 좀 더 선명하게……'

흐릿하기만 한 기억이 점차 또렷해졌다. 덩달아 천마신공의 기운이 서서히 일어났다.

좀 더, 좀 더! 그래!

반개한 이환의 눈에서 적자빛 광휘가 크게 번쩍였다. 그의 전신에서 은은한 기세가 불꽃처럼 일기 시작했다.

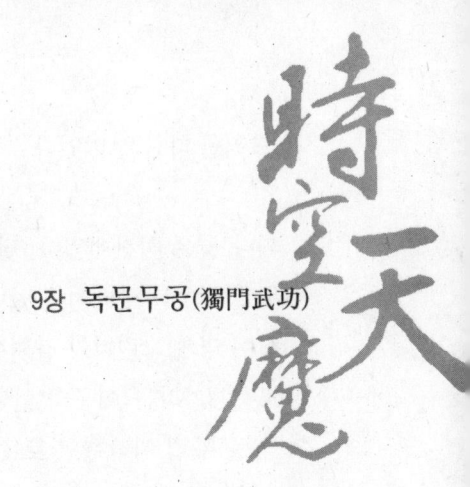

9장 독문무공(獨門武功)

　모용세가는 더욱 분주했다. 본래 성호장이었던 곳이 고스란히 모용세가의 긴여으로 흡수되며 사람도 물건도 많았다. 다툼도 많았다.

　성호장의 문도 중 몇몇은 반기를 들고 뛰쳐나갔지만 큰 문제가 될 것은 아니었다.

　모용세가의 일원이라 할 수 있는 광풍사의 마적들은 멀리 대막에서 활동하던 이들이다. 광동의 성호장 문도가 그들을 알아볼 수 있을 리 없었다. 특히 서로 간의 융화에 모용반호나 광풍사의 세 두령들이 신경 썼기에 껄끄러움은 있을지언

정 드러난 다툼은 없었다.

꽤나 늦은 시간이었다. 달이 제법 기울었지만, 모용세가의 집무실에는 불이 밝혀 있었다.

십여 명의 그림자가 불빛에 어른거렸다.

모용세가라는 이름의 앞날에 대해 토론하는 자리였다. 해가 높을 무렵 시작했던 토론이 밤늦은 지금까지 이어지고 있었다.

"독문무공이 있어야겠지요."

독문무공…….

지친 사람들은 풍적소의 말에 흠칫하며 고개를 치켜들었다.

"대형의 호풍와신권이 비록 일절이라 하지만, 일반 문도들에게 가르치기에는 무리가 있습니다."

"……."

풍적소의 차분한 말에 모용반호를 비롯한 아홉은 고개를 끄덕였다. 기왕에 성호장의 기반을 흡수하며 무가로서 우뚝 서려 한 이상 독문무공의 필요성은 분명했다.

산동칠괴와 광풍사의 세 두령이 각자 익힌 절기들도 분명 일절이라 할 만한 공부임에는 틀림없으나, 한 무가의 뼈대를 이룰 수 있는 무공이라 보기에는 무리가 있었다.

그렇기에 전통이란 무서운 것이었다. 또한 개개인의 비전

지기를 내놓으라 할 수도 없는 일이니…….

"어찌하면 좋을까…….'

모용반호는 찌푸린 얼굴로 중얼거렸다. 누구도 쉬이 답할

수 없었다. 구석에 앉아 있던 철한은 멀뚱히 눈동자를 굴리며

의형들의 심각한 얼굴들을 바라보았다.

"하아! 무공, 무공이라…….'

"독문무공이라 한다면…….'

"……."

중얼거리는 이나 침묵을 지키며 잔뜩 인상을 찌푸리고 있

는 이. 멀뚱히 있던 철한이 문득 말했다.

"이환님께 물어보죠?'

"…….'

철한의 말에 아홉의 눈이 그를 향했다. 모두들 머릿속에 있

으되 차마 하지 못한 말이었다. 아무런 거리낌 없이 내뱉은

철한이 어쩐지 대단하게 보였다.

"막내야."

"에? 왜요, 누님?'

광견화가 푹 가라앉은 목소리로 그를 불렀다. 철한은 천진

한 얼굴로 그녀를 돌아보았다. 그러자 광견화는 대뜸 팔을 뻗

어 그의 두터운 목을 감아 졸랐다.

"이 바보 자식아! 그럼 누가 가서 얘기할 건데? 네놈이 할 거야? 앙!"

"캑! 캐캑! 항복! 항보오옥!"

"항복은 지랄!"

우당탕!

진지했던 실내가 한순간에 난장판이 되었다. 가운데에 놓여 있던 서탁은 뒤집어지고, 그 위에 올라 있던 찻잔들이 와장창 요란한 소리를 내며 깨져 나갔다.

모용세가의 개파를 기념하여 여령이 선물한 서탁이다.

"아아……!"

풍적소는 크게 긁힌 서탁의 모습에 멍청하게 신음했다.

"아, 그만 좀 해요! 좀!"

철한은 왈칵 성질을 내며 목을 감은 광견화의 팔을 거칠게 떼어냈다.

어, 이 자식 봐라? 광견화의 얼굴이 더없이 구겨질 때, 철한은 외쳤다.

"오형이 가시면 되잖아요! 제일 말 잘하는 사람이 앞에 있는데 무슨 걱정이에요! 뭐 내놓으라는 것도 아니고 좀 물어보자는 건데 뭘 그래요?"

그의 말에 서탁을 내려다보던 풍적소는 황당한 얼굴로 철한을 바라보았다.

이게 무슨 소리야?

"하하! 막내야, 무슨……."

어이없다는 듯 웃으며 말을 이으려던 풍적소는 순간 멈칫했다. 다른 이들의 시선이 따가웠다.

"지, 지금 뭣들 하십니까?"

풍적소는 머뭇거리며 물었다. 하지만 사람들은 누구도 입을 열지 않았다. 다만 묘한 미소를 머금은 채 한층 강렬한 눈으로 그를 바라보았다.

"아니, 저기… 아니……."

풍적소는 두 손을 흔들며 뭐라 말을 이어가려 했다. 그러자 모용반호가 슬며시 일어나 그의 옆에 섰다.

"대형."

그래, 역시 대형밖에 없구나.

풍적소는 잠시 안도했다.

모용반호는 너털웃음과 함께 풍적소의 어깨를 툭툭 두들겼다. 그는 활짝 웃는 얼굴로 말했다.

"수고해 주게나."

"……."

어깨를 집고 있는 모용반호의 커다란 손에 유달리 힘이 들어가 있었다. 풍적소는 떨떠름한 얼굴로 모용반호와 의제들, 그리고 광풍사의 세 형제의 웃는 얼굴을 바라보았다.

"하아!'

한숨이 절로 나왔다.

정말 세상에 믿을 사람 하나 없다더니. 풍적소는 결국 두 어깨를 축 늘어뜨리며 고개를 떨어뜨렸다.

승낙의 의미로 받아들인 모용반호는 크게 기꺼워했다.

"고맙네, 고마워. 막내의 말대로 가서 자문만이라도 구해 보게나."

자문만 구하자라……. 말이야 쉽지.

다른 사람도 아니고 이환과의 대화가 얼마나 큰 어려움인지 아는 사람이 어찌 그리 쉽게 말할 수 있단 말인가.

풍적소는 원망 담긴 눈으로 모용반호를 돌아보았다.

이환은 뻐딱한 눈으로 화면 속에 고개 숙인 풍적소의 모습을 바라보았다. 독문무공이라…….

소설 속에서 모용세가는 대부분 검을 독문무공으로 삼았다.

검이라…….

이환은 떠올리기가 무섭게 피식 실소했다. 모용세가에 모인 열 명 중 검이 어울릴 만한 사람이 누가 있던가.

그나마 낫다 할 만한 사람이 풍적소 정도일까.

이환은 몸을 파묻고 있던 자리에서 신형을 일으켰다. 독문무공이라……

  무공에 관련된 일은 풍적소가 이환에게 묻기로 하고 토론은 끝났다. 각자 하나씩 이런저런 일들을 맡았지만, 역시 제일 어려운 일은 풍적소의 몫이었다.
  한숨을 푹푹 내쉬며 처소로 돌아가는 풍적소의 뒷모습은 참으로 안쓰러웠다. 물론 그렇다고 같이 나설 사람은 없었다.
  모용반호는 처소로 돌아와 조심히 문을 닫았다.
  등잔에 불을 밝힌 그는 눕기보다는 망연히 앉아 흔들리는 등잔불을 바라보았다.
  '독문무공이라……'
  모용반호는 복잡한 얼굴로 한참이나 불빛에서 시선을 떼지 못했다.
  창밖이 파랗게 밝아왔다. 모용반호는 천천히 고개를 돌렸다. 창문을 열자 차가운 새벽 공기가 밀려들었다.
  아직 아침 해가 떠오르기까지는 시간이 있었다. 모용반호는 잠시 주저하는 듯했지만, 곧 방 한구석의 서가로 다가갔다. 이런저런 것들이 걸려 있었지만, 그가 집은 것은 꾀죄죄하게 낡은 바랑이었다.
  호풍결이란 명호를 얻기 전부터 늘 지니고 다니던 물건이었다.

모용반호는 단단하게 재봉이 되어 있는 바랑의 한구석을
잡고는 힘을 썼다.

　부드득 소리와 함께 낡은 바랑이 그대로 터져 나갔다. 마음
을 굳힌 모용반호는 더 이상 갈등하지 않았다.

　그는 북북 바랑을 찢었다. 그리고는 드러난 안감을 뒤집었
다. 그곳에는 적갈색으로 여덟 글자가 크게 적혀 있었다.

　천중무봉(天中無鋒) 무량검보(無量劍寶).

　"……."

　글씨를 바라보는 모용반호의 얼굴에는 격동이 크게 일렁
였다.

　풍적소는 아침 일찍부터 부지런을 떨었다. 이환을 만난다
는 것은 그만큼 큰 부담이었다. 옷을 단정히 하는 등 부산을
떤 그는 잠시 숨을 골랐다.

　"하아……!"

　그는 가슴을 쓸어내리고는 겨우 마음을 다잡았다. 기왕에
이렇게 된 것, 일이 잘되면 더 좋지 않겠는가.

　막 밖으로 나서려던 풍적소의 앞에 뜻밖에도 모용반호가
나와 기다리고 있었다.

"대형?"

"같이 가세나."

"······."

의외였다. 생각지도 못한 동행이라 풍적소는 멀거니 모용반호를 바라보았다. 하지만 그는 더 말하지 않았다.

전날 미리 연락을 했다고는 하지만 제법 이른 시간이었다. 너무 일찍부터 부지런을 떤 탓이었다. 그래도 이번에는 정원에 물 주는 시간을 피해 오기는 했다.

이환은 무표정한 얼굴로 모용반호와 풍적소를 마주했다.

"용건은?"

안부를 묻는 말은 없었다. 하다못해 그가 모용세가에 가두어 버린 백아홉 소림승에 대한 물음도 없었다.

감정을 엿볼 수 없는 검은 눈동자가 흔들림없이 그들을 주시하고 있었다. 풍적소는 짧게 숨을 들이켰다. 밤새 고민했던 말문은 모두 잊었다.

"모용세가에 독문의 무공이 필요합니다."

풍적소는 바로 본론으로 들어갔다. 이환은 눈을 감았다. 무릎 위에 걸친 손가락을 가볍게 톡톡 두들겼다. 풍적소는 입 안이 메말라 갔다.

"그래서?"

이환은 눈을 감은 채 물었다. 호흡의 허를 찌른 그 짧은 물음에 풍적소는 헛바람을 집어삼켰다.

이환은 눈을 천천히 뜨며 풍적소를 쏘아보았다.

"무얼 바라나?"

"저, 저희는……"

풍적소는 식은땀을 흘리며 겨우 입을 열었다. 그때였다. 가만히 옆에 있던 모용반호가 풍적소의 앞으로 나섰다.

"이환님, 이것을 보아주십시오."

그는 품에서 곱게 갠 한 뭉치의 헝겊을 꺼내 들었다. 오랜 세월이 흘러 제 색을 찾을 길이 없었다. 품에서 꺼내기가 무섭게 퀴퀴한 냄새가 코를 찔렀다.

"형님, 이것은……?"

풍적소는 모용반호가 두 손으로 받쳐 든 헝겊 뭉치의 정체에 의아함을 감추지 못했다.

이환은 무감한 얼굴로 모용반호를 바라보았다.

"무언가?"

"이것은 제가 철들 무렵부터 항상 지니고 있었던 것입니다."

"……"

모용반호의 조심스러운 말에 이환은 시선을 헝겊 뭉치로 돌렸다. 그의 앞에서 모용반호는 천천히 헝겊을 펼쳤다.

천중무봉, 무량검보의 여덟 자가 드러났다.

모용반호는 참담함을 그대로 드러내며 천천히 말을 이었다.

"무공에 입문한 이후 무량검보를 익혀보려 많은 노력을 했지만 저에게 남은 것은 주화입마가 고작이었습니다. 천행으로 목숨을 구했으나 완성되지 않은 이 검보로 제가 할 수 있는 것은 아무것도 없었습니다."

모용반호는 새삼 당시의 무력함을 절감하며 고개를 떨어뜨렸다. 힘없는 모습에서 호풍결이라 불리는 절정고수의 모습은 볼 수 없었다.

"형님……."

풍적소는 무어라 말해야 할지 알 수 없었다. 언제나 호탕함을 얼굴에 달고 다니던 그가 아니던가.

의형제를 맺은 세월 동안 그가 이렇듯 무력함에 젖어드는 모습을 목격한 바 없었다.

"이환님, 감히 청하건대 이 검보를 수습하시고 저희를 도와주십시오."

모용반호는 무량검보를 바닥에 내려놓으며 무릎을 꿇었다. 깊이 허리 숙이는 그를 이환은 바라보지 않았다.

모용반호와 풍적소는 시커먼 헝겊 뭉치를 남겨놓고 물러

갔다. 이환은 자리에 앉아 테이블 위에 올라가 있는 그 헝겊 뭉치를 말없이 바라보았다.

천중무봉 무량검보라…….

제법 거창한 이름이지 않은가.

이환은 손을 좌우로 흔들었다. 곱게 개어져 있던 헝겊이 저절로 활짝 펼쳐지며 빼곡한 구결들이 모습을 드러냈다.

한 글자 글자마다 급박함이 그대로 드러났다. 적갈색의 글자는 평범한 묵이 아니었다.

아마도 피. 그것도 사람의 피일 것이다.

어떤 상황이기에 피로 비급을 적어 내려갔단 말인가. 의문이 고개를 들었다.

"……."

─스캔할까요?

침묵하는 이환에게 무궁화가 물어왔다. 그는 말없이 고개를 끄덕였다.

모용반호는 과정을 말하지 않았다. 이환은 묻지 않았다.

무량무변(無量無邊).

무량검보는 그 한 구절로 시작했다. 급한 글자 중에서 그 네 글자만은 한 자 한 자 공을 들였다.

이환은 화면에 확대된 그 네 글자를 한동안 바라보았다. 무궁화의 다른 보고는 귀에 들어오지 않았다.

정확히 사만 사천의 글자. 한 자의 더함도 덜함도 없었다. 하지만 문장에서 의미를 찾기란 쉬운 일이 아니었다.

본래 비급이란 것이 뜬구름 잡기라고는 하지만 이건 첫 네 글자 뒤에는 제대로 뜻이 되지 않았다.

이래서야 무슨 검보고 비급이라 할 수 있는지.

하지만 이환에게는 무궁화가 있었다. 동서고금의 지식들이, 고전들이 모두 무궁화의 데이터베이스에 있었다.

무궁화는 문구를 빠르게 해석해 나가기 시작했다. 의역과 오역이 난무하는 해석은 초, 분마다 매끄럽게 변해갔다. 이환의 눈은 무궁화의 전산 처리 속도에 못지않게 빠른 눈으로 무궁화가 화면에 올리는 모든 정보들을 단숨에 꿰뚫었다.

시간이 단숨에 흘렀다.

이환은 침식을 잊었다. 기계적으로 가사 로봇이 가져다주는 음식을 먹고 마시며 자리에서 떠나지 않았다.

그의 앞에 활짝 열린 대형 스크린에는 무량검보의 진체가 서서히 껍질을 벗고 있었다.

사흘 뒤.

이환은 기진한 모습으로 자리에 앉아 있었다. 무의 끝을 보았다고 생각했다. 하지만 무량검보에서 이환은 새로운 세상을 보고 느낄 수 있었다. 그뿐이 아니었다. 그 너머의 경지를 예감할 수 있었다.

모순되게도 정공이라 할 수 있는 무량검보에서 이환은 천마신공의 마지막 천마강림의 실마리를 잡았다.

피식.

이환은 짧게 웃었다. 초췌한 얼굴은 핼쑥했다. 겨우 사흘 밤낮을 샌 것으로 초인의 경지에 도달한 이환의 육체가 피곤을 느낄 리 없었다.

무량검보를 해석하는 데에 너무나 많은 심력을 소모한 탓이었다.

"천중무봉, 천중무봉이라⋯⋯."

이환은 가만히 중얼거렸다. 모든 검의(劍意)는 그 여덟 글자에 담겨 있었다. 천중무봉 무량무변.

이환은 가만히 손가락을 모았다. 두 손가락을 모아 검결의 모양을 만들었다. 그는 순간 눈을 번뜩이며 일점에 검결지를 떨쳤다.

스걱⋯⋯!

기쾌한 절단음. 동시에 모니터 룸의 한쪽 벽에 깊은 검흔이 남았다. 거리는 무려 삼 미터. 이환의 한쪽 입술이 비틀리듯 올라갔다.

예리하지 않으나 베지 못할 것이 없다.

천중무봉.

이환은 재차 검결지를 흔들었다. 소리도 흔적도 없었다. 반대쪽 벽이 처음부터 그러했다는 듯 움푹 파였다.

무량함에 변화는 필요없다.

무량무변.

둔예상조(鈍銳相造), 중첨상극(重尖相剋), 무량검의……

이환은 몸을 일으켰다.

모니터 룸은 수련실과 마찬가지로 초합금으로 이뤄져 있었다. 내부에서 고폭탄 일백 개가 동시에 터져도 흠집 하나 나지 않을 정도로 견고한 벽이었다. 최고 출력의 임팩트 소드로도 몇 번이나 휘둘러야 갈라질 벽이었다.

그 벽이 단순한 기세에 형편없이 베이고 찌그러졌다.

천중무봉이라는 말, 절대 거창한 것이 아니었다.

                    *   *   *

무량검보에서 이환과 무궁화는 세 개의 무공을 수습했다. 그러나 그 셋은 모두 방편에 지나지 않았다. 궁극의 무량검을 깨닫기 위해서는 셋을 모두 깨달아야 할 것이다.

이환은 깔끔하게 정리된 세 권의 책자를 내려다보았다.

모용반호는 잘못 알고 있었다. 무량검보는 불완전한 비급이 아니었다. 오히려 그 자체로 완성된 경지와 다름없었다.

하지만 비급을 남긴 자 역시 진정한 무량검에 대해 알지 못했다. 전한 바를 다시 남겼을 뿐이다.

천마신공을 깨닫지 못했다면 이환 역시 알지 못했을 경지였다.

무공은 한 개의 심공, 만둔(慢鈍), 만중(萬重)을 요결로 하는 하나의 정공(正功)과 섬쾌(閃快), 다변(多變)을 요결로 하는 하나의 교공(巧功)으로 나눌 수 있었다.

이환은 별 고민 하지 않고 이름을 붙였다.

무량검보에서 나왔기에 무량심법(無量心法), 천중검법(天中劍法), 무봉검법(無鋒劍法).

요결이나 성격과는 전혀 어울리지 않았다. 그저 가져다 붙였다는 티가 확연했다. 하지만 그 세 권을 마주한 모용반호와 풍적소는 미처 그 점을 깨닫지 못했다.

무공비급이란 것이 하루 이틀 만에 뚝딱 나올 수 있는 것이던가. 게다가 그 겉만 훑었을 뿐이었지만, 쉽게 볼 수 없는 상승의 절예임을 확연히 알 수 있었다. 느낄 수 있었다.

모용반호와 풍적소 두 사람은 머뭇거리며 입만 뻐끔거릴 뿐

달리 말을 할 수가 없었다. 특히 모용반호의 충격은 더했다.

"아, 아아······!"

신음인지 흐느낌인지 분간할 수 없었다. 그는 이내 부리한 눈동자에 어울리지 않는 굵은 눈물방울을 뚝뚝 떨어뜨리기 시작했다.

"대형."

"아니, 아니··· 죄송합니다. 이런 추태를······."

모용반호는 황망히 눈가를 훔쳤다. 그는 급히 정신을 차리고는 말없이 자신들을 바라보는 이환을 향해 다시 한 번 깊이 감읍했다.

"감사합니다."

풍적소도 따라서 허리를 숙였다. 하지만 이환은 싸늘했다.

"···감사의 말 들을 이유 없다."

허리 숙인 그들의 머리 위로 이환의 목소리는 차갑게 내리꽂혔다. 그는 곧 돌아서며 말했다.

"너희들이 강해지는 것이 곧 내가 편해지는 길이니."

이환은 그 말을 끝으로 돌아보지 않고 걸어갔다. 뚜벅이는 그의 발소리가 귓전에서 완전히 들리지 않을 때까지 모용반호와 풍적소는 허리를 펴지 않았다.

말은 저리 싸늘하게 하지만, 그렇다고 받은 은혜가 줄어드는 것은 아니었다. 아니, 오히려 모용반호에게는 그 모습마저

겸양으로 다가왔다.

"이환님은 참으로 신인이시구나, 오제."

"예."

모용반호의 격동 어린 한마디에 풍적소는 쓴웃음을 지으
며 고개를 끄덕였다. 분명 그는 신인이다.

마인이나 악인 따위와 비교할 수 없는 존재.

그는 성호장의 배후에 대해 더 고민하지 않기로 했다. 상대
가 누구든 달라질 것은 없으니까.

풍적소는 이환이 사라진 방향을 가만히 바라보았다. 앞에
놓인 세 권의 비급이 주는 무게는 그와 모용반호에게는 천 근
과도 같았다.

후일, 강호를 지탱하는 다섯의 거대한 기둥 중 하나인 모용
세가의 절기 무량신검(無量神劍)이 지금 이 자리에서 시작되
었다.

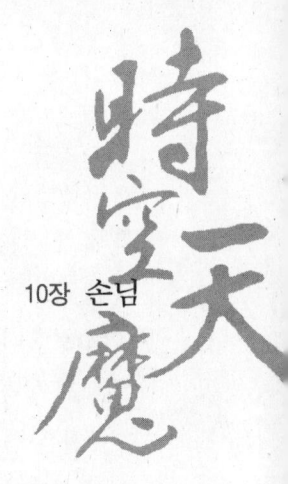

10장 손님

"떠나겠습니다."

며칠 만에 얼굴을 마주한 임관홍이 한 말이었다. 이환은 말없이 눈을 바라보았다. 굳게 마음을 다잡은 듯했지만 눈동자는 흔들리고 있었다.

이환은 커피 잔을 들어 올렸다. 그녀에게서 눈을 떼지 않았다. 시선에 임관홍은 숨이 막혔다.

단순히 위압감 때문은 아니었다.

그것은…….

"어디로 갈 생각이지?"

"그, 그건······."

이환은 잠시 시선을 놓아주며 커피 잔을 내려놓았다. 잔에 가득 찬 커피의 검은 빛에 자신의 얼굴이 일렁였다. 임관홍은 그의 질문에 순간 대답하지 못했다.

떠나자 떠나자 마음을 다잡았을 뿐이다. 설마 이환이 이후에 대해 물을 줄은 미처 생각지도 못했다.

이환은 커피 잔을 티 테이블 위에 올려놓았다. 덜그럭 하는 소리에 임관홍은 움찔 물러섰다.

긴장한 탓이었다.

이환은 소파에 등을 기대며 임관홍을 올려다보았다. 그의 눈길 앞에서 임관홍은 점점 작아지는 것 같았다. 하지만 그녀는 가슴을 펴고 애써 움츠러들지 않으려 애썼다.

그것이 그녀가 할 수 있는 최선이었다.

대답을 요구하듯 물었지만, 그녀가 갈 곳이 달리 있을 리 없었다.

"공손무외에게 갈 생각이라면 지금은 참는 게 좋을 거야."

"······!"

이환은 별일 아니라는 투로 말했다. 하지만 그 말에 임관홍은 눈을 치떴다.

"무, 무슨 뜻입니까? 조, 조부께 무슨 일이 생긴 겁니까?"

임관홍은 가까이 다가서며 크게 외쳤다. 그녀의 검은 눈동자는 당혹과 경악, 그리고 불안으로 흔들렸다.

이환은 손가락을 튕겼다. 딱 소리가 크게 울렸다. 그러자 임관홍의 눈앞에 커다란 화면이 순간 떠올랐다. 그녀는 당황해 뒤로 물러섰다.

화면에는 공손무외의 모습이 있었다.

그는 가부좌를 튼 채 두 눈을 감고 있었다. 무엇을 하는 것인가.

"하, 할아버지!"

임관홍은 놀라 외쳤다. 하지만 그에게 들릴 리 없었다. 공손무외는 가만히 눈을 감은 채 고개를 끄덕였다. 흠칫 노인의 앙상한 어깨가 크게 흔들렸다.

"……!"

무슨 일이 있는 건가. 임관홍은 눈을 치떴다. 하지만 들려온 것은……

"커흠, 쩝. 잠깐 졸았나?"

공손무외는 머쓱한 듯 헛기침을 흘리며 입가를 스윽 문질렀다. 그는 주변을 두리번거렸다.

살피는 눈초리는 진지했다.

"아, 근데… 이 사람들은 왜 가만있는 늙은이는 못살게 구는 걸꼬나……."

구시렁거리는 말투만큼은 여유로웠다. 공손무외는 곧 코

웃음 쳤다.

"홍! 독, 암기나 다루던 놈들이 어디 노부의 천둔진(天遁陣)을 알아나 볼까."

스스로에 대한 자긍심이 뚜렷했다. 공손무외에게 통천이란 이름을 안겨준 또 다른 절기가 바로 천둔십방결(天遁十方結)의 묘법(妙法)이었다.

공손무외의 말을 들은 임관홍은 안도한 듯 가슴을 쓸어내렸다. 하지만 곧 다른 사실을 깨달았다.

도대체 누구이기에 공손무외로 하여금 천둔진의 절기를 펼치게 했느냐는 점이었다.

그녀의 머릿속을 꿰뚫어 보기라도 하듯 이환은 감정없이 말했다.

"당가에서… 공손무외를 찾는다고 하더군."

"당가, 사천의 당가가… 왜?"

이환의 말에 임관홍은 멍한 얼굴로 중얼거렸다. 그녀의 안색은 창백했다.

이환은 몸을 일으켰다. 그러자 떠올라 있던 화면이 사라졌다.

"하, 할아버지! 할아버지!"

임관홍은 놀라 외쳤다. 그녀는 손을 뻗어 화면이 있던 자리를 헤집었다. 하지만 손에 닿는 것은 아무것도 없었다. 그녀

는 이환을 바라보았다. 그는 말없이 방을 나서고 있었다. 그
싸늘한 뒷모습을 향해 임관홍은 외쳤다.

"제, 제발, 제발 할아버지를 도와주세요!"

임관홍의 외침은 비명과도 같았다. 높은 목소리가 크게 울
렸다. 이환은 걸음을 멈췄다. 그는 천천히 고개를 들었다.

무감한 눈동자가 임관홍을 직시했다. 그 눈은 묻고 있었
다.

내가 왜?

그의 냉막함을 앞에 두고 임관홍은 아무런 말도 할 수가 없
었다.

문이 닫혔다. 임관홍은 다시 혼자였다.

우웅……!

옥루가 구슬프게 울었다. 그녀의 심정을 읽은 것인가. 임
관홍은 언제 떨어뜨렸는지 바닥에 놓인 옥루를 떨리는 손으
로 집어 들었다.

그녀의 손안에서 옥루는 신음하는 듯했다. 투정하는 듯했
다.

"미, 미안… 미안…… "

임관홍은 두 손으로 옥루의 긴 전신을 품어 안으며 속삭였
다. 지그시 감은 눈가에 굵은 망울이 하나둘 맺혀갔다.

"공손무외의 위치는?"

―태호 근교입니다.

무궁화의 보고에 이환은 고개를 끄덕였다. 그는 빠른 걸음
으로 긴 복도를 걸었다.

―좌표 인식…….

무궁화는 상세한 위치의 좌표를 보고했다. 이환은 좌표상
에 떠오른 위치를 확인하며 빠르게 걸었다.

나에게 온 손님, 공손무외에게 빼앗길 수는 없지.

그는 나직이 중얼거렸다.

"암왕, 암왕이라……."

그뿐만이 아니었다. 천둔진이란 것, 확인해 보고 싶은 것이
있었다. 흑백이 뚜렷한 그의 눈동자에 어린 것은 분명 기대감
이었다.

                    *   *   *

당가십수는 난감한 기색을 감추지 못했다. 그들은 주변의
빼곡한 죽림(竹林)을 둘러보며 혀를 찼다.

"신출귀몰이 따로 없군."

"분명 흔적은 이곳으로 이어져 있었건만."

당거정은 지나온 곳을 살폈다. 그는 곧 낭패감에 혀를 찼
다.

"천둔결이군."

"예?"

그의 중얼거림을 들은 십수 중 한 명이 되물었다. 의아한
얼굴이었다. 당거정은 쓴웃음을 지으며 말했다.

"공손 선생의 통천견문이란 별호는 단순히 그 박식함만을
뜻하는 것이 아니다. 공손 선생에게는 과거 귀곡 일맥에서 전
해지던 천둔십방결이란 비기가 있다고 하지. 분명 그 비기 중
하나로 스스로를 감추신 것이 틀림없다."

"진법입니까?"

"아마도."

묻는 십수에게 당거정은 천천히 고개를 끄덕였다. 그저 청
하려 했을 뿐이건만 어찌 알고 이리 몸을 숨길 수 있단 말인
가.

스스로를 감춘 이상 더 찾으려 해보았자 달라질 것이 없었
다. 당거정은 고개를 가로저었다.

"물러서야겠다."

"하지만… 가주께서……."

"그만."

당거정의 말에 십수는 안타까움을 드러냈다. 가주 암왕이

무엇보다 급하다 했던 일이지 않은가.

어찌 쉽게 포기할 수 있을까. 젊은 그들의 열의를 당거정은
익히 알 수 있었다. 하지만 지금은 때가 아니었다.

당거정은 어디인지 알 수 없었으나 공손히 포권을 취하며
크게 외쳤다.

"공손 선배, 후배 당거정이라 합니다! 본 가의 가주께서 긴
히 도움을 청하실 일이 있어 급한 마음에 이리 무례를 저질렀
습니다!"

공력이 실린 그의 외침이 죽림을 크게 흔들었다. 부스스 떨
리는 소리가 곳곳에서 울렸다.

"후배들의 무례를 너무 노여워 마십시오. 다시 예를 갖추
어 찾아오겠습니다."

"……"

당거정의 우렁우렁한 목소리가 완전히 사그라졌다. 어디
에서도 대답은 없었다.

잠시 귀를 기울이던 그는 짧은 한숨을 흘리며 신형을 돌렸
다. 머뭇하던 당가십수는 곧 그의 뒤를 쫓았다.

공손무외는 눈을 치뜬 채 굳어 있었다. 당거정의 제법 예를
갖춘 외침에 한마디 하려는 순간이었다. 갑자기 튀어나온 하
얀 손이 그의 입을 틀어막았다.

말이 막혔다는 것보다, 숨이 막힌다는 것보다 누가 있어 천둔진을 이렇게 쉽게 꿰뚫을 수 있단 말인가.

공손무외는 차마 낯선 손의 주인의 얼굴을 돌아보기가 두려웠다.

그사이 당가의 제자들은 조용히 물러갔다.

"……."

입을 막았던 손이 곧 풀렸다. 공손무외의 수염이 파르르 떨렸다. 돌아서야 할까, 아니면…….

갈피를 잡을 수 없었다. 그 순간, 뒤에서 싸늘한 목소리가 들려왔다.

"재밌는 자들이군."

"헉!"

어찌 이 목소리마저 잊을 수 있을까. 공손무외는 목이 부러져라 급히 고개를 돌렸다.

냉막한 얼굴의 이환이 굵은 대나무 하나에 등을 기댄 채 서 있었다.

"다, 당신이 여길 어떻게……."

"……."

이환은 더듬거리며 묻는 공손무외에게 답을 주지 않았다. 그는 다만 손가락 하나를 세워 위를 가리켰을 뿐이다.

'하늘? 무슨 뜻이지?'

공손무외는 곤혹스러움에 낯을 찌푸렸다. 하지만 길게 생각할 시간은 없었다.

이환이 기대었던 몸을 일으켰다.

"암왕이 당신을 찾는다고 하더군."

"그, 그렇소……."

"왜 찾는 것 같나?"

"그건……."

잠시 멈칫하던 공손무외는 곧 평정을 찾으며 차분히 말했다.

"아마도 당신 때문이겠지요. 암제."

공손무외의 말에 이환은 한쪽 입매를 비틀어 올렸다. 얘기가 빨라서 좋군. 그 미소에 공손무외는 파랗게 질린 얼굴로 물었다.

그의 머릿속에 떠오른 것은 혈왕과 독왕이었다. 이자의 분노는 하나에 끝나지 않았다.

"다, 당가를 멸문이라도 시킬 생각이시오?"

"……."

공손무외는 더듬거리며 겨우 물었다. 이환은 말없이 그의 떨리는 시선을 마주했다. 그것도 나쁘지 않겠군.

당거정과 당가십수는 가까운 번화가로 향했다. 당가에 한

순간 암운이 드리워졌음을 그들은 꿈에도 알지 못했다.

"이제 어찌하면 좋겠습니까?"

"음… 내일 다시 찾아뵈어야겠지."

"그래도 만나려 하지 않으신다면요?"

"…그럼 우리가 왜 당가인지 알려 드려야겠지."

당거정은 씩 웃으며 대꾸했다. 십수는 흐릿한 긴장감에 각자 눈동자를 굳혔다.

"하지만 공손 선생이라면 그러지 않으실 것이다."

당거정은 이내 화통하게 웃었다.

공손무외는 안절부절못했다. 이제 와 당가의 명맥을 걱정하게 될 줄이야. 생각지도 못한 일이었다.

그는 흘깃 눈치를 살폈다.

어떻게 천둔진을 떡하니 뚫고 들어왔는지도 알 수 없었다.

나한과 함께했던 임관홍이 어찌하고 있는지도 불안했다.

하지만 그보다 더 공손무외를 안절부절못하게 만드는 것은 지금 이환의 모습이었다.

대나무에 기대앉아 말없이 눈을 감고 있었다. 강자의 방만인가? 오만? 아니면 여유?

아니었다. 공손무외는 고개를 흔들었다.

처음 마주했을 때와 지금의 차이는 하늘과 땅? 아니, 비교조차 할 수 없었다.

지금 눈으로 보지만 전혀 존재감이 느껴지지 않았다.

숨은 쉬고 있는 것일까. 알 수 없었다. 공손무외는 혼란함을 감추지 못했다.

"머리를 너무 굴리는군."

"……!"

문득 입을 연 이환이었다. 그는 천천히 감은 눈을 떴다. 싸늘한 눈동자에 그는 흠칫 어깨를 떨었다. 움직일 수 없었다.

"다, 당신은 도대체 누구시오?"

혼란스러움에 물었다. 하늘을 꿰뚫는다는 그의 견문이 지금은 전혀 무용했다.

"내가 무엇으로 보이는가?"

"사, 사람… 아니… 사람을 넘어선… 당신은……."

"내가 있는 곳에서는 날 사조성이라 하지."

사조성…….

민간의 사조성을 말하는 것인가. 대흉신, 하늘의 진노를 뜻하는.

공손무외는 입을 꾹 다물었다. 차라리 농이라면 좋을 텐데, 차라리 거짓이라면 좋을 텐데…….

이환의 무감한 얼굴과 눈 어디에서도 공손무외는 거짓을 느낄 수 없었다. 그는 허탈함에 고개를 떨어뜨렸다.

"당신은 마인 따위가 아니었구려. 흉신… 사조성이라니."

그는 손녀를 떠올렸다. 정말 터무니없는 연을 맺고 말았구나.

얼어붙은 공손무외의 중얼거림에 이환은 피식 조소했다.

이환은 눈을 감았다. 생각했다.

무엇보다 먼저 선행되어야 할 것은 적의 파악이었다. 처리해야 할 일은 많지 않았다. 어려울 것도 없었다.

소림과 야왕, 그리고 암왕.

이환은 결정했다. 먼저 처리할 것은 암왕, 그리고 당가였다. 그들이 어떻게 나올지 알 수 없었다. 하지만 분명한 것이 하나 있었다.

그들의 태도에 따라서 그들의 앞날에는 큰 차이가 있을 것이다.

날이 밝았다.

말한 대로 당거정은 당가십수와 함께 다시 이곳을 찾았다. 그들의 추종은 훌륭했다. 미세한 흔적 몇으로 천둔진 가까이 찾아왔을 정도이니.

다시 찾은 당거정은 잠시 긴장된 모습이었다. 그는 다시 외쳤다.

"공손 선배, 이른 아침부터 죄송……!"

그는 끝까지 말할 수 없었다. 불현듯 눈앞에 한 사내가 서 있었기 때문이다. 머리부터 발끝까지 검은색 일색이었다.

거기에 중원 어디에서도 본 적 없는 낯선 복장이었다.

"귀, 귀하는 누구시오?"

"암왕에게 전언이 있다."

"무, 무어라?!"

무감한 그의 목소리에, 방만한 말투에 당가십수는 발끈했다. 하지만 당거정이 빨랐다. 그는 두 팔을 뻗어 흥분한 십수를 말렸다.

"그만."

"하, 하지만……."

"……."

채 분을 잠재우지 못한 십수에게 당거정은 말없이 엄중한 눈길을 주었다. 그 눈빛에 십수는 이를 악물며 한 걸음씩 물러섰다.

"현명하군."

"별말씀을……."

이환의 무감한 한마디에 당거정은 겨우 고개를 끄덕였다.

어찌 보면 모욕일 수도 있는 말. 그러나 당거정은 침착했다.

그는 차분한 어조로 물었다.

"고인은 누구시오? 우리는 그저 공손 선배를 청하려 할 뿐이오."

"너희가 공손무외를 청할 필요는 이제 없다, 당거정."

"무슨?"

순간, 이환의 한쪽 입매가 올라갔다. 명백한 조소였다. 조소에 울컥한 심정이 이어진 말에 싸늘히 얼어붙었다.

"암왕이 나를 보고 싶다 하지 않았는가?"

"…암제……."

"……."

신음과 함께 흘러나온 한마디. 검은 사내는 더욱 짙게 조소했다.

"어, 어떻게 당신이?"

의혹과 혼돈에 당거정과 십수의 눈이 크게 흔들렸다. 암제가 이리 젊은 사내였던가. 그들의 물음을 검은 사내는 용납하지 않았다.

그는 상념을 끊는 차가운 목소리로 말했다.

"내가 찾아가겠다."

당거정은 그 시선, 그 기세에 얼어붙었다. 하지만 약한 모습을 보일 수는 없었다. 그는 혀를 질끈 깨물었다. 아릿한 통증에 겨우 정신이 들었다.

그는 떨리는 목소리를 최대한 억누르며 의연히 대꾸했다.

"…그 말씀, 꼭 전하겠소."

"좋아."

이환은 그 말을 끝으로 다시 모습을 감췄다.

나타난 것처럼 사라지는 것도 한순간이었다. 당거정은 세차게 고개를 흔들었다. 그는 입 안에 고인 핏물을 겨우 삼켰다.

비릿한 혈향이 입 안에 차올라 지금의 일이 결코 환상이 아님을 깨우쳐 주고 있었다.

공손무외를 찾은 것이 암제와 만나게 될 줄이야.

당거정의 눈동자에 일었던 열기는 식은 지 오래였다. 무위의 문제가 아니었다. 그는 한순간 느낄 수 있었다.

상대할 수 없는 자다.

정신을 차리고 보니 등줄기가 식은땀으로 축축했다. 언제 이렇게까지 긴장한 적이 있었던가.

죽음의 위기에 휩쓸렸을 때에도 태연했던 당거정이다. 하지만 지금 그는 죽음 그 자체를 목도했다.

"어, 어찌하면……."

주춤거리며 묻는 십수에게 당거정은 침묵으로밖에 대답할

수 없었다. 그들 역시 두려움을 알았다.

하지만 당거정은 십수들이 접한 두려움이 그와 다른 종류
임을 미처 깨닫지 못했다.

공손무외는 조심히 물었다.

"저, 홍아는 어떻습니까?"

당가의 인물들을 몇 마디 말로 모두 물러서게 하고 들어선
이환이었다. 그는 무감한 눈을 들어 긴장한 공손무외를 바라
보았다.

시선을 마주하기가 무섭게 공손무외는 더욱 위축되는 자
신을 느껴야 했다.

"잘 있다. 조부 걱정에 잠을 이루지 못하는 것 빼고는."

이환은 고개를 돌리며 싸늘히 말했다. 그의 말투로는 전혀
잘 있는 것 같지 않았다.

공손무외는 꿀꺽 마른침을 삼켰다.

"저, 저… 그럼… 한 가지 여쭈어도 괜찮겠습니까?"

그는 어색하게나마 미소 지으며 조심히 물어왔다. 이환은
흘깃 눈짓으로 그를 바라보았다.

이환의 시선과 부언을 승낙의 의미로 보기에는 많은 무리
가 따랐지만 공손무외는 용감히 입을 열었다.

"어찌 천둔진을 파해하실 수 있었습니까?"

"......"

공손무외는 두 눈에 강한 열의를 담은 채 한 걸음 다가섰다. 부담스러운 눈이었다. 이환은 잠시 침묵했다.

천둔진이라…….

그는 곧 고개를 돌리며 무심히 대꾸했다.

"몰라. 그저 보이는 대로 걸었을 뿐."

이환의 말에 공손무외의 얼굴이 기괴하게 일그러졌다. 보이는 대로 걸었다니 무슨 설명이…….

하지만 이환으로서는 달리 말할 수 없었다. 말대로 정말 보이는 대로 걸었을 뿐이다.

천마신공의 수위가 상승하고 무량검보를 깨우친 이후 생긴 변화였다. 장가촌에 설치된 치천세의 기환진의 흐름이 눈에 들어왔다. 공손무외의 천둔진도 마찬가지였다.

반짝이는 실과 실이 얽혀 있는 모습으로 눈에 들어왔다. 그 실을 쫓으며 변화의 중심으로 향했다. 그것은 그리 어려운 일이 아니었다.

진법가의 입장에서는 통탄할 노릇이겠지만.

무궁화조차 이해하지 못한 진법이었다. 이환 역시 이해하지 못했다. 다만 볼 뿐이었다.

이환은 짧은 하룻밤을 보낸 것을 끝으로 다시 걸음을 옮겼다.

"어, 어디로 가실 생각이십니까?"

공손무외는 다급히 물었다. 이환은 대꾸하지 않았다. 천둔진을 나선 이환은 흘깃 하늘을 올려다보았다. 아주 까마득히 높은 곳, 수십 장이 아니라 수백 장 이상의 높이에 작은 흔적이 눈에 들어왔다.

이환은 찰나에 불과했으나 실소를 흘리며 고개를 돌렸다.

임관홍은 눈물을 삼켰다. 공손무외는 무사했다. 아무런 해도 입지 않았다. 대신 이환이 당가와 마찰을 일으키게 되었다. 내용은 알지 못했지만 게스트 룸에 뜬 화면으로 임관홍은 얼추 상황을 짐작할 수 있었다.

무심히 돌아서는 이환의 얼굴에서 임관홍은 눈을 뗄 수가 없었다.

＊　　　＊　　　＊

암왕은 당거정의 두려움이 오히려 기꺼웠다. 그는 냉막한 얼굴 가득 비틀린 웃음을 지었다.

당거정의 간곡한 만류를 그는 듣지 않았다.

그럴 수 있었다. 그는 당금의 절대자라 불리는 이 중 하나였으니까. 하지만 당거정은 목숨을 던져서라도 그를 만류해야만 했다. 그것이 그가 할 수 있는 최대한의 것이었다.

"가주, 그와 생사를 결하셔서는 결코 아니 됩니다!"

"……."

암왕은 웃는 낯을 지우지 않았다. 그 앞에는 당거정이 엎드린 채 외쳤다. 진심의 발로임을 어찌 모를 텐가. 하지만 그에게는 미안한 일이나 암왕은 결코 암제를 포기할 수 없었다.

세인의 시선이나 독문의 미래 때문이 아니었다.

지난 세월 내내 감싸 누르고 있던 호승심, 무혼, 두 가지가 동시에 불타오르고 만 것이었다.

지금의 암왕은 누구도 말릴 수 없었다. 오직 그를 깨운 상대만이, 암제라는 존재만이 그를 달랠 수 있었다.

당거정의 간절함을 당가의 문인들은 이해할 수 없었다. 상대가 누가 됐건 그들의 가주는 바로 암왕이었다.

암왕이란 이름이 그저 평범한 자에게 붙을 수 있는 이름이던가. 바라보는 시선이 고울 리 없었다.

"어찌 그러시오. 이제 그만 하시오."

같은 당문오결 중 하나인 당거충이 조마조마한 심정으로 달려와 그를 억지로 일으켰다.

"아니야, 아니야. 가주, 마음을 바꾸셔야 합니다. 가주!"

"그만 하시오!"

아랑곳 않고 외치는 당거정에게 당거충은 결국 버럭 화를

냈다.

"어찌 가주의 능력을 그리 믿지 못하신단 말이오! 그 잘난 암제가 무엇이라고! 그자도 인간일 뿐이지 않소!"

"……."

성을 내는 당거충을 당거정은 가만히 바라보았다. 그 눈동자의 심유함에 당거충은 움찔 어깨를 떨었다.

"왜, 왜 그러시오?"

"인간이라고 했나? 아니야. 그자는 인간이 아니란 말일세."

"그런가?"

내내 말이 없던 암왕은 당거정의 말에 고개를 끄덕였다. 그는 곧 신형을 돌렸다.

"가주님!"

"그대의 뜻은 잘 알았네. 하지만 나는 내 뜻을 꺾을 수 없으니 그리 알게."

"당가의 앞날이 걸린 문제입니다!"

당거정은 자신을 가로막은 당거충에게서 벗어나려 버둥거리며 간곡하게 외쳤다. 하지만 암왕은 다시 뒤를 돌아보지 않았다.

굳건한 그의 뒷모습에서 당거정은 힘없이 팔을 늘어뜨렸다. 힘 빠진 그를 당거충은 그제야 놓아주었다.

"그만 하십시오. 가주의 성정을 잘 아는 분이 어찌 그러십니까. 당가의 앞날이 걸리다니요."

"……."

캐묻는 듯 다그치는 당거충에게 당거정은 더는 말하지 않았다. 그는 무너지듯 바닥에 주저앉았다.

깊은 허탈감과 무력함이 그의 전신을 지배했다.

"허, 참……."

그 모습에 당거충은 혀를 차며 잔뜩 구긴 이마를 긁적였다. 어찌 이러실까. 당문오결 중에서도 가장 호전적이던 위인이 어쩌다가…….

도대체 암제 그가 무엇이기에…….

이환은 싸늘하게 코웃음 쳤다.

"흥!"

그는 입가에 깊은 조소가 어렸다. 그는 암왕의 심정을 어렵지 않게 짐작할 수 있었다.

당거정 그는 감이 좋은 자였다. 그에게 내비친 패망의 기운을 똑똑히 읽어냈으니.

암왕은 패망을 기대하고 있는 것인가.

화면 속에서 암왕은 당가의 문인들을 모아놓고 자신의 폐관을 선언하고 있었다.

당황한 그들의 모습을 바라보는 이환의 눈에 조소가 뚜렷했다.

좋아, 폐관까지는 기다려 주지.

이환은 고개를 돌렸다. 암왕은 폐관하고 야왕은 침묵했다. 남은 것은 소림.

"오랜만에 쇼 타임이군."

조소를 머금은 채 이환은 싸늘하게 중얼거렸다.

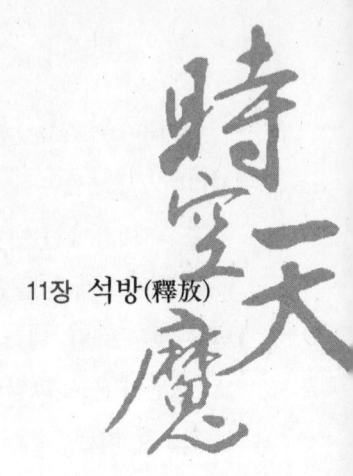

11장 석방(釋放)

"모두 꺼져라."

날카로운 이환의 목소리에 일백여덟 나한의 얼굴이 동시에 참혹하게 굳어졌다.

삼베 자락에 덮여 산문에 받아들여진 이래, 쇠를 두드리고 옥을 깎는 고련을 통해 동인으로 단련되어 금강으로 완성되었다. 그리하여 나한의 영명을 얻은 나한승들이 언제 이토록 험한 처우와 냉대를 받아볼 수 있었으며, 언제 이토록 모멸적인 단어 앞에 저며질 수 있었을까.

그러나 나한의 영명 따위, 그에게는 일 푼의 가치도 없었다.

"못 들었나? 어서 꺼져라."

일백여덟의 감정이 어떠하건 이환은 여전히 한설처럼 차가웠다. 그것이 나한들을 더욱 모욕의 수렁으로 빠뜨렸다.

때마침 풍적소가 보각을 대동하여 나타났다.

나한들의 시선이 보각에게 모여들었다. 그것은 마치 곤경에 빠진 병아리가 어미를 찾는 행동처럼 보였다.

하지만 보각은 나한들에게 시선 한 번 옮기지 않았다. 조금 전에 들은 충격적인 소식을 아직 제대로 받아들이지 못하고 있기 때문이었다.

보각은 이환을 응시했다.

"어찌해서?"

보각의 음성은 착 가라앉은 채 잘게 떨리고 있었다.

이환은 표정 없이 그를 응시했다. 그리고 보각의 물음에 대답하지 않았다.

그는 느릿하게 신형을 돌려 장내를 벗어났다. 수많은 시선이 그의 등을 훑었다.

그럼에도 이환은 대응하지 않았다.

결국 그의 모습이 완벽히 사라졌다. 모두의 귓가로 미세한 배기음이 흘러들었다. 바이크를 타고 청와대로 돌아가는 것이다.

풍적소는 그가 무책임하다고 생각했다.

한참을 말도 없이 가둬놓더니 갑자기 찾아와 꺼지라고 한다. 지독히 경멸적인 석방이다. 희소식에도 소림승들의 표정이 밝지 않은 것은 이런 이유에서였다.

"조금의 노자와 물품을 마련했습니다. 부디 성의로 받아주시면 감사하겠습니다."

아무튼 축객령은 확실히 떨어졌다.

풍적소가 보각을 향해 포권했다. 이환이 하지 못한 포로에 대한 예우, 그것이 풍적소가 맡은 소임이었다.

보각이 문득 풍적소에게로 시선을 돌렸다. 그의 주름이 가득한 눈매가 바르르 흔들렸다.

눈앞의 서생.

구금 아닌 구금 속에서 누구보다 정성을 다해 신경을 써주던 자였다.

처음에는 똑같은 마졸이라 생각하고 박하게 대했다. 하지만 그는 괘념치 않고 일관한 자세로 자신을 대우했다. 그 예우는 마치 자신이 정파의 어느 일문에 초청이라도 받은 상태인 양 착각이 들 정도였다.

진심은 진심으로 통하는 법. 보각은 결국 풍적소에게만은 조금이나마 마음을 열었다.

그리고 풍적소를 마졸이 아니라고 단정했다.

마졸 중에 의로운 인간은 없어야 하기 때문이다.

보각은 일생을 지켜온 가치관이 허물어지는 것을 바라지 않았다.

"정녕 그의 말이 사실이었군."

보각은 침음했다.

찾아온 자유가 반갑지 않았다.

이대로 소림으로 돌아간들 부끄러움만 가득할 터이다.

그는 실패했고, 그들은 패배했다.

불장의 이름으로 내려진 탕마의 결의가 지켜지지 않았는데, 불존의 터로 돌아가 세존을 우러를 명분이 없었다.

"아미타불……."

보각은 허탈하여 불호를 외웠다.

그렇다고 가지 않을 수도 없다.

마의 소굴에서도 쫓겨난 몸이 아니던가.

보각은 힘없이 입술을 벌렸다.

"나한들은 들으라. 숭산으로 돌아갈 것이니 차비를 하여라."

"아미타불."

나한들이 합장하여 대답했다.

일치단결한 대답이었지만 역시 힘이 없었다. 그들도 불명예의 귀환이라는 사실을 무척 잘 알고 있었다.

보각이 등을 돌려 창고를 벗어났다.

나한들이 뒤를 따랐다.

챙길 짐은 없었다.

빈 몸으로 와 모두 얻어 지낸 것이었으니.

줄지어 나가는 소림승들을 보며 일과에 여념이 없던 가솔들이 신기하고 또한 불안한 표정을 지었다.

신기한 것은 창고에만 틀어박혀 있던 나한들이 밖으로 우르르 몰려나왔기 때문이고, 불안한 것은 저들을 짊어지어 창고에 옮겨놓은 것이 바로 그들이었기 때문에 혹시 명망 높은 소림승들이 자존심에 상처를 입지 않았을까 생각을 한 것이다.

보각은 자신들을 힐끔거리는 가솔들을 의식했다. 여러 감정이 눈을 통해 흘러나오고 있었지만, 유독 한 가지 감정만큼은 찾을 수가 없었다.

그것은 바로 적의였다.

보각은 쓰게 웃고 말았다. 가솔들 중에서 이쪽을 향해 합장을 하는 몇몇을 발견했기 때문이다. 불호를 외우는 그들의 표정에는 진심만이 가득했다. 결코 승자의 조롱이 아니었다.

나한들도 그들을 발견한 듯 대열 사이에 미묘한 공기가 흘렀다.

보각은 애써 눈길을 돌렸다.

나한들도 침묵으로써 보각의 뒤를 쫓았다.

그와 그들은 오직 길을 따라 걸었다. 그렇게 도착한 정문에는 모용반호를 포함한 모용세가의 요인이라 할 수 있는 모든 사람이 나와 있었다.

모용반호가 얼른 다가가 보각에게 포권했다.

"대사, 경황이 없어 이제야 인사를 드립니다. 본인이 모용가를 책임지고 있는 모용 아무개라고 합니다."

보각의 눈이 커졌다.

장원의 이름이 모용세가임을 오늘 처음 알아서였고, 그곳의 가주가 이환이 아니라 호남형의 남자임에 의외성을 느낀 것이다.

"불편한 점은 없으셨습니까? 더 좋은 거처를 마련하지 못해 송구스러웠습니다."

모용반호는 진심으로 미안하다는 표정을 지었다.

이것이 보각과 나한들을 더욱 혼란스럽게 만들었다.

보각이 언제나 의아해한 이유는 단 한 가지 때문이었다. 그들은 이환과 이들의 기묘한 관계를 모르고 있기에 그런 것이었다.

모용반호 등은 이환을 상급자로 생각하지 주인으로는 생각하지 않는다.

주군으로 인정할 만한 계기가 없었기 때문이며, 누군가를 받아들이기에는, 혹은 누군가가 부속되기에는 이환의 성정이 너무나 차갑고 독선적이기 때문이었다.

또한 이환은 천계의 흉신 사조성으로 알려져 있다는 점도 이환과 다른 사람들 간의 경계를 가리는 데 크게 작용했다.

어찌 되었건 사람과 신은 다르기에 모용반호 스스로가 선을 그어버린 것이다.

"아미타불."

이 모든 관계를 알 리 없는 보각으로서는 할 말이 없었다. 그저 묵묵히 불호를 외워 그동안의 부분들에 사의를 표한 다음 그를 지나쳤다.

나와 있던 사람들도 조용히 자리를 비켜 길을 텄다. 모든 나한들이 모용세가의 문을 통과하는 동안, 장내에는 헛기침 소리 한 번 들리지 않았다.

떠나는 그들을 어떤 얼굴로 대해야 할지 장내에 있는 누구도 알지 못하기 때문이었다.

그저 가만히 떠나가는 승려들의 뒷모습을 지켜봤다.

모용세가의 모든 인원이 생각했다. 거대하게만 생각했던 소림의 등이 왜 이리도 작게 보이는지.

달그락.

떠나가는 소림 행렬을 보며 이환은 비어버린 커피를 다시 주문했다.

떠나가는 보각, 그리고 백팔나한.

마음 한구석에는 여전히 저들을 죽여야 한다고 속삭이고 있었다.

죽여라! 모든 증거를 지워라!

저들은 분란의 핵이다! 사조성의 영토를 벗어나는 최대의 목격자다!

속삭이는 소리의 이름은 이기심, 살의로 자란 독선이었다.

이환은 소리를 깨끗하게 무시했다.

그리고 무궁화에게 명령했다.

"무궁화, 준비는?"

―홀로그램 투하, 모두 준비되었습니다. 명령을 기다립니다.

이환은 양손을 각지 껴 코앞에 붙였다.

"소림사로 연결해."

뒤를 제외한 삼면이 벽으로 둘러진 작은 공간을 면벽동(面壁洞)이라 부른다. 시조(始祖) 발타 선사와 함께 소림의 양대 조사로 불리는 무조(武祖) 달마 선사 이후, 마음을 닦는 최고의 수행법으로 자리 잡은 면벽 수행을 위해 마련된 공간이었다.

많은 수의 면벽동은 진법(眞法)을 찾는 수많은 고승들로 인해 인산인해를 이루고 있었지만, 사방은 마치 쓸쓸한 자연 속의 풍경인 양 아무런 소음도 들려오지 않았다. 모두 수행에 몰아하여 그 누구도 입을 열고 말을 트지 않는 것이다.

그 묵언 면벽의 수행자들 속에는 소림 방장 보연도 있었다.

삼십육방을 아우르고 소림의 모든 대소사를 총괄하는 방장이라고는 하지만, 그도 결국에는 뜻을 찾는 수행자의 한 사람. 깨닫지 못했기에 돈오를 찾기 위한 수행에는 여느 승려들과 다르지 않은 과정을 겪고 있었다.

"……."

불지 않는 바람을 마주 보는 수면처럼 고요히 가라앉아 있던 보연의 백미(白眉)가 잘게 흔들렸다.

평정(平靜)했던 마음이 움직이며 보연의 눈이 서서히 세상을 비추기 시작했다.

눈에 담긴 감정이 편안하지 못했다.

가라앉아 침잠하던 마음이 강태공의 바늘에 걸린 것처럼 불쑥 들어 올려졌다. 선정의 비틀어짐이 자의가 아닌, 외부에서 전해진 어느 기질에 의해 강제적으로 이루어졌기 때문이다.

수행자가 수행 도중에 방해를 받은 것이니 이 부분에는 아무리 수행을 쌓은 보연이라 할지라도 불쾌함을 느낄 수밖에 없었다.

보연이 꿇고 있던 신형을 일으켜 면벽동을 벗어났다.

세상은 새벽이다. 밤이 돌아가지 않고 해가 찾아오지 않은 흑백 경계로 이루어진 시간은 어슴푸레 떠 있는 조각 달로 하여금 온갖 빛을 다할 뿐이었다.

그는 그곳에 있었다.

"아미타불, 노납을 부른 게 시주십니까?"

보연이 걸음을 멈추며 합장했다.

가볍게 숙인 그의 얼굴이 잘게 굳었다.

'이리 가까운 곳에 있었는데 기척을 느끼지 못하였다니……'

그에게서는 아무런 느낌도 받을 수 없었다.

보연을 일깨운 것도 귓가를 울리는 작은 소음이었다. 마치 누군가가 속삭이며 자신을 부르는 소리에 선정을 깨고 밖으로 나선 것이다.

그리고 그를 발견했다.

아무 건물도 없이 잡초와 암석이 가득한 면벽동의 앞터. 그곳에 있는 늙은 소나무의 곁에서.

부우웅.

처음에는 그저 한 알갱이의 빛이 반짝였다.

그때 보연은 신경 쓰지 않았다. 반딧불의 날갯짓이라 생각하였기 때문이다. 산중 소림에 반딧불은 수행자들의 훌륭한

벗이기 때문이다.

화르륵…….

보연은 틀렸다.

빛이 반짝인다. 한 알갱이였던 빛은 반딧불이 아니다. 빛은 늘어나 있었다. 무섭도록 찬란하고 화려한 빛이었다. 구름 너머의 칠채(七彩)를 능가했다.

그것은 종래에 한 사람의 형체를 이루었고, 너무도 선명하게 인물의 윤곽을 만들었다.

'이럴 수가! 눈으로 보고 있지 않다면 여전히 느낄 수 없을 것이다. 어찌 이토록……! 혹여 내가 선정 중에 유계(幽界)로 들었던가?'

보연은 주름진 눈을 끔뻑였다.

믿을 수가 없다.

하지만 믿어야 한다.

눈앞에 있기 때문이다.

보연은 마음을 금강처럼 단단하게 만들어주는 부동심결을 끌어올렸다. 순식간에 범람했던 마음이 태풍 이후처럼 가라앉기 시작했다.

보연은 다시금 빛으로 인해 만들어진 인물을 응시했다.

그와 보연과의 거리는 서른 걸음으로도 차고 넘쳤다.

그럼에도 보연은 기척을 느낄 수 없다. 귀를 기울여도 호흡이 느껴지지 않았다. 나무와 바위를 느끼는 기분이었다.

분명히 보이는 것은 사람일진대 그의 발달된 감각에 잡히는 것은 형체뿐이니 보연은 귀신을 보는 것 같았다.

"시주… 께서는 어떠한 연유로 늦은 밤 늙은 중을 부르셨는지요?"

보연의 물음에 그가 대답했다.

─*내가 너를 부른 게 아니라 네가 나를 불렀다.*

보연의 눈가에 의문이 어렸다. 두 가지 근원을 모를 이유 때문이었다.

첫째로, 입술을 달싹이는 그의 음성이 마치 허공에서 들리듯 출처가 불분명했기 때문이며, 둘째로, 부른 것은 그가 아닌 자신이라는 이야기 때문이었다.

이쯤이면 어떤 설명이 나와야 할 텐데 그는 말이 없었다.

결국 보연이 먼지 성급히 물었다.

"노납은 머리가 영민하지 못해 시주의 고언을 일거에 해(解)하기 힘듭니다. 시주께서는 상세히 말씀해 주시지 않겠습니까?"

그가 말했다.

─*보각. 백팔나한.*

내뱉은 짧은 단어의 나열이었다.

"……!"

보연의 얼굴이 굳었다. 예상치 못한 단어들이 그의 입에서 흘러나온 것이다.

하지만 당황도 잠시였다. 보연은 먹장구름처럼 밀려드는 어떤 한 가지 추론에 빠져들었다.

'보각과 나한들은 세상에 도래했다는 마인을 척멸(斥滅)하기 위해 떠났다. 한데 그들을 찾다니…… 그렇다면?'

목적을 품고 떠난 이들을 거론하며 나타났으니 나타난 그가 목적과 연관되어 있음을 짐작할 수 있었다.

보연은 절로 긴장됨을 느끼며 정신을 일깨웠다.

내자불선(來者不善)이라는 말이 있다.

야심한 시각에 홀로 나타난 저 낯선 사내에게서 호의를 찾기는 어려울 것 같았다.

"탕마전주 보각과 백팔금강나한은 탕마멸사의 기치를 걸고 출타하였지요."

무표정한 사내의 얼굴이 더욱 차갑게 변했다.

─그들이 나를 찾아왔지.

"……!"

보연은 내심 생각하던 상황이 맞아떨어지자 눈매를 바르르 떨고 말았다.

"귀하가 바로 재세마인(再世魔人)이라는 뜻이오?"

재세마인. 세상에 돌아온 마인이라는 뜻이다.

보연의 어투와 눈빛이 대번 달라졌다.

마에 대한 적의가 소림만큼 깊고 큰 곳이 없다.

정법에 있어 가장 큰 난관이며 악적이 바로 사마의 마음이기 때문이다.

"답하시오. 정녕 귀하가 마인이오?"

보연은 그를 직시했다.

늙은 소나무의 곁에 서 있는 사내. 표정 없는 얼굴과 대륙 어디에서도 볼 수 없는 독특한 양식의 흑의(黑衣)가 인상적이다.

그는 바로 이환이었다.

─마인이라? 비슷하다고 할 수 있겠지. 하지만 틀렸다.

이환은 느긋하게 입술을 벌렸다.

─나는 흉신(凶神)이다.

"흉… 신! 무슨 소리를 하는 것이오?"

보연의 목소리가 다소 높아졌다.

신이라고 하면 세상에서 가장 높은 존재를 일컫는 단어였다. 인간이 언제나 추앙하고 비슷해지려 노력하지만, 깨닫지 못하고서는 결코 오를 수 없는 경지가 바로 신인지경이었다.

그런 신의 이름을 스스로에게 붙이다니 보연은 이환의 광오함에 분노가 생기기 시작했다.

"마인을 신이라 부를 수는 없는 노릇! 설사 마도천하를 이

른다 해도 귀하는 결코 신명(神名)을 얻지 못할 것이오! 마는 그릇된 길! 회개하시오!'

이환의 입매로 작은 호선이 그어졌다. 웃음임에도 불구하고 비수를 그어 만든 검흔처럼 매섭게만 느껴졌다.

─너는 내가 인간으로 보이는가?

보연의 눈빛이 흔들렸다.

속삭이듯 나직하게 물어오는 이환의 음성에 평정심이 흔들리고 말았다. 그만큼 이환의 물음은 당혹스러웠다.

"무, 무슨 뜻이오?"

이환은 대답하지 않고 천천히 앞으로 걸어나갔다. 보연과의 거리가 점점 가까워졌다.

"이럴 수가……!'

보연은 처음에는 다가오는 이환을 경계했지만, 두 사람 간의 거리가 밀접해질수록 안색이 시커멓게 변하더니 결국 낮은 침음을 흘려내고야 말았다.

─내가 인간으로 보이는가?

이윽고 이환이 같은 질문을 다시 던졌을 때, 보연은 천천히 고개를 가로저었다. 체통과 연륜이라는 것이 터져 나오는 비명을 겨우겨우 막아냈다.

'육체가 존재하지 않다니……!'

허상.

손을 뻗어 만질 수 있는 신형은 피와 살이 없었다.

오직 찬란히 빛나는 서광(瑞光)으로 이루어진 형체였다.

"귀, 귀하는 누구시오?"

결국 보연의 음성이 크게 흔들리며 더듬거렸다.

만약 소림 수좌승들이 지금의 모습을 목도했다면 믿을 수 없다는 표정을 지을 터이다.

깊은 연륜은 곧 경험과도 같은 뜻이며, 부동심과도 밀접한 단어이다. 나이 든 사람은 쉬이 놀라지 않고 쉽사리 경망하지 않기 때문이다.

더욱이 보연은 철이 들 무렵부터 노인처럼 점잖아 사미승 시절부터 사제들 사이에서 소납탑(少衲塔)이라는 별명을 얻을 정도였다. 그만큼 평소의 침착성이 뛰어나다는 소리였다.

하지만 지금 보연은 평소와는 달리 충격 앞에 더없이 약해진 모습이있다. 눈기는 떨리고 입술은 말랐다.

아무리 보연이 천하에 이름 높은 고승이라고는 하나, 빛의 입자가 이루어 만들어낸 환상 앞에서는 놀랄 수밖에 없었다.

난생처음 목격한 것이기에!

이 환상의 이름이 홀로그램이라는 것을 보연은 수백 년이 지난 후에야 알 수 있겠지만, 사람이 백 년을 장수하기도 어려운 이상 결국 보연은 이 사실을 죽을 때까지 모를 것이다.

잠시 즐기듯 충격에 물든 보연을 바라본 이환이 느긋하게 입술을 벌렸다.

—나는 이 세상의 존재가 아니다. 너희 인간들은 나를 사조성이라 부르고 흉신이라 두려워하더군.

"아미타불!"

보연은 한숨처럼 불호를 뱉었다.

노도 같던 충격은 이제 해일이 되어 범람했다.

"…정녕, 정녕 사실입니까?"

한참 만에 입이 열린 보연의 어투는 경계심은 남아 있지만 조금은 가다듬어진 모습이었다.

—믿음과 거부는 자유다.

이환은 매몰차게 말했다. 보연이 품은 의심이라는 것이 매우 불쾌하다는 듯 표정은 얼음을 덮은 듯 싸늘했다.

그 모습에 보연이 황망히 합장했다.

"아미타불."

문득 이환이 혼잣말을 중얼거렸다.

—부처의 말대로 인간의 의심은 무저(無低)와 같군.

"……!"

보연의 동공이 확장되었다.

그가 성급히 말했다.

"사실입니까? 불존의 말씀을 들으셨습니까?"

—신과 신이 못 만날 이유라도 있나?

이환은 보연을 비웃었다.

뒤이어 짧게 말을 붙였다.

―나와 그는 조금 친한 편이지.

보연이 더듬거리며 물었다.

"그, 그분께서는 어떻습니까?"

―이상한 질문이군. 뭘 묻는 거지?

이환이 눈매를 찡그렸다.

보연이 다급히 첨언했다.

"그분께서는 잘 지내고 계십니까?"

우스꽝스러운 질문이었지만 보연은 오직 이환의 입매를 뚫어져라 쳐다볼 뿐이었다.

이환은 고개를 끄덕였다.

―하릴없이 인세만 내려다보며 무탈하게 지내고 있다. 특히 너희들을 사주 굽어보디군.

'그렇구나. 정녕 불존은 우리를 굽어보고 계셨구나!'

보연은 감동을 주체할 수 없었다.

부처를 모시는 행자의 입장으로 믿고 우러러 공경하는 불존의 시선이 자신들에게 비춰진다고 생각하니 더없는 행복이요, 영광이었다.

그때였다.

―나는 부처 따위의 이야기를 위해 현신한 것이 아니다.

이환이 차갑게 말하며 보연의 상념을 깨뜨렸다. 순간, 보연은 차가운 물을 덮어쓴 것처럼 달아오른 행복한 상상에서 깨어나 싸늘한 현실을 직시했다.

"아… 보각! 탕마전주는……!"

─큰 실수를 했지.

보연의 말에 이환이 가로채어 마무리했다.

그 음성이 어찌나 날카롭던지 보연은 비수를 마주하고 있는 기분이 들 정도였다.

이환이 말했다.

─나를 한낱 마인 따위로 착각하다니 너희 인간들의 우매함은 정말 놀라울 정도다.

보연이 고개를 저었다.

"최초 보각이 폐사로 이송될 당시, 그는 마기에 의한 기이한 대법에 당한 상태였습니다. 전신에 마기의 잔흔이 남아 있었으며, 후에 그가 말하기를 분명히 마인을 만나 마기를 겪었다고 하였지요. 그렇기에 폐사에서는 이것이 사라진 마인이 돌아온 것이라고 확정할 수밖에 없었습니다."

차분히 자신의 말을 하는 보연은 어느덧 눈빛이 정광을 찾은 상태였다. 연이은 충격에 잠시 혼란되었지만 보각의 일이 거론되자 최대한 빠르게 평정심을 찾은 것이다.

공과 사를 엄격히 구분하는 보연의 모습에 이환은 내심 이채를 발했다.

늙은 생강이라는 말이 있듯이 보연은 흔들리기는 하되 자신의 자리로 찾아오는 것에 한 치의 망설임도 없었다.

하지만 이환은 그를 조롱했다.

—인간이란 역시 어리석군. 내가 누구지?

보연이 잠시 망설이다가 말했다.

"…흉신이라 불리는 사조성이시지요."

—흉(凶)의 기운과 마의 기운, 구분할 수 있나?

"으음……."

보연은 쉽게 대답할 수가 없었다. 사실상 음침하고 두려운 기운이 마기라고 배우고 생각한 그였다. 그 꺼려지는 기운 중에 마와 흉을 구분할 방법을 모르기도 했고.

—나와 만났을 당시 보각은 어두운 기운에 잠식당한 상태였다. 그의 죄업이 산과 같아 명운을 거두어야 함에도 잡기(雜氣)만을 제거하여 놓아주었는데 도리어 나를 적으로 삼아 찾아오다니 우습고도 우스운 일이다.

'아! 그래서 보각이 기이한 대법에 당하고, 체내에 마기가 느껴졌음에도 주화입마를 벗어난 것이었구나! 정녕 저자가 명운신(命運神) 사조성이라는 말이던가?'

이환의 말에 보연은 문득 깨닫는 바가 있어 내심 고개를 끄덕였다. 이환의 설명에 의문이 풀렸다. 아귀가 딱 맞아떨어지는 것이다.

그러다 보연은 문득 안색이 변해 이환을 쳐다봤다.

"보각과 나한들은 어찌 되었습니까?"

—부처의 부탁을 들어줬다.

"아아! 불존이시여!"

보연이 절로 희열의 외침을 내질렀다.

부처의 부탁이라 함은 자비가 행하여졌다는 뜻이다.

'불존께서 우리 행자들을 이토록 굽어 돌보시고 계셨구나! 이 은혜를 만겁이 지난다고 갚을 수 있을까!'

흉신 사조성!

신이 흉하다 불린다면 그만큼 독하다는 뜻이다.

더욱이 인간의 생사를 주관한다고 하는 신이니 자신 앞에 살의를 들이민 자들을 웃으며 받아줄 리는 결단코 없을 터이다.

죽음이라는 것이 어색하지 않은 상황. 그 사지(死地)를 부처의 덕으로 벗어나게 되었으니 자신의 일이 아님에도 보연은 감격할 수밖에 없는 것이다.

부처의 대자대비는 전해 듣는 것으로도 큰 공부이며 은혜이며 축복이었다.

"감사드립니다."

보연은 이어 이환에게도 합장했다. 부처의 자비심도 그가 손에 품었기에 일어난 축복이었다.

이환은 차갑게 말했다.

─네 감사 따위를 듣기 위해 현신한 것이 아니다. 나는 경고를 하기 위해 왔다.

"경고라니요?"

보연이 당혹하며 물었다. 흉신의 경고만큼이나 두려운 말이 또 있을까.

─나를 귀찮게 하지 마라. 내가 인세에 강림했음을 누구에게도 알리지 마라. 세상이 나를 알고, 인간들이 나를 의식하는 순간 인세는 용암과 같은 죽음에 잠식당할 것이다. 나는 죽음을 관장하는 사조성이다!

잔인하고 또한 냉엄한 신의 경고!

보연은 그 속에 품어져 있는 진실을 느끼고 마른침을 삼켰다.

긴장됨에 손끝이 저릿했고, 충격에 모골이 송연했다.

광오한 선언이었지만 흉신 사조성이라면 못할 일이 아니라는 생각이 들었다. 믿음까지 생겼다.

신이기 때문이다!

"아미타불⋯⋯."

보연이 침잠하여 불호를 외는데, 이환의 모습이 서서히 흐려지기 시작했다.

─내가 할 수 있는 부처의 존중은 끝났다. 명심해라. 나를 깨우는 자, 세상이 끝나도 사그라지지 않는 무한의 증오를 맛볼 것이다!

화르륵!

거대한 불길이 치솟았다. 청염의 불길은 벽처럼 타올라 하늘을 덮고 땅에 길게 늘어졌다.

"헛!"

보연은 자신도 모르게 뒷걸음질을 치고 말았다.

하지만 채 두어 걸음도 떼기 전에 불길은 지워지고 이환의 모습도 사라지고 없었다.

"아미… 타불…….."

보연은 힘없는 불호를 중얼거렸다.

모든 것이 일장의 춘몽처럼 느껴졌다.

꿈을 꾸지 않았다면 어찌 이와 같은 경험을 할 수 있겠는가.

하지만 보연은 겪은 이 모든 것이 환몽(幻夢)이 아님을 믿어야 했다.

"불존이시여… 세존이시여… 정녕 우리를 위해 많은 것을 해주셨습니다."

보연은 깊이 합장했다.

많은 일이 있었지만, 이중에 가장 감회 깊은 것은 부처가 자신들을 돌보고 있다는 것, 오직 하나였다.

"걸려들었군."

이환은 미소를 지었다.

"자신이 받드는 신에 대한 맹목적인 믿음. 종교인의 맹점이지."

사람의 심리는 좋아하고 우상하는 것에 대한 이야기를 들려주면 감정에 도취되어 이지를 완벽하게 유지하기 힘들다. 쾌락이라는 것은 많을수록 마약처럼 이성을 흐리게 만들기 때문이다.

그렇기에 이환은 부처를 빌어 보연을 흔들었다.

앞으로 이어갈 이야기에 그의 이성을 흐리게 만들기 위해서였다.

그리고 작전은 성공했다.

보연에게 있어 흡신 사조성은 이단이다. 있거나 말거나 아무 신경도 쓸 필요 없는 이름이다.

하지만 여래(如來)는? 불타(佛陀)는?

그렇지 않다.

생명처럼 귀중하고 신명보다 중요한 이름이었다.

이환이 그 신들의 이름을 거론하여 자신을 그들과 동격에 올린 것은 보연에게 있어 큰 영향력을 끼쳤다.

신성 동격!

사조성을 의심하고 믿지 않으면 그가 모시는 부처의 존재
도 의심하게 되어버리는 것이다. 과연 그것을 감내할 수 있는
종교인이 있을까.

이환은 느긋한 표정으로 커피 잔으로 손을 뻗었다. 그가 알
기로는 없었다.

소림은 간단히 일단락 지었다. 이환은 다시 고개를 돌렸
다. 화면이 비치고 있는 곳은 사천이었다.

사천당가.

구름 진 그늘 아래의 당가의 정경은 어두웠다. 당가는 짙은
녹음 속에 파묻혀 있었다.

사람의 손이 닿지 않은 듯 울창하기 그지없었다. 하지만 곳
곳에 보이는 인공의 흔적이 화면상에 뚜렷하게 나타나 있었
다.

기관과 함정들이 보보마다 깔려 있었다. 드나드는 길이 아
니라면 결코 들어설 수 없는 금지가 당가였다.

이환은 커피 한 모금을 들이켜며 씨익 웃었다.

제법 먼 길이었다. 여기서 사천까지는.

임관홍은 보각과 나한들이 떠났음을 알았다. 그리고 고민
이었다. 이제 자신은 어찌해야 하는가.

묻지 않는 이환이 원망스러웠다. 그의 곁에 있고 싶다는 마

음은 달라지지 않았다. 약해지지 않았다. 다만 자신이 그럴 자격이 있는가 묻지 않을 수 없었다.

애꿎은 옥루만 쓰다듬으며 그녀는 망연히 게스트 룸에 앉아 있었다. 온갖 상념이 그녀의 머릿속에서 복잡하게 헝클어져만 갔다.

들어서는 기척도 없이 이환은 게스트 룸에 들어섰다. 그는 침대에 주저앉아 넋을 놓고 있는 임관홍을 바라보았다. 그녀에 대해서는 그 역시 확실하게 결론 내린 것이 없었다. 미루고 또 미루었을 뿐.

탁한 눈동자에 초점은 없었다.

이환은 의자 하나를 끌어다가 그녀의 앞에 앉았다. 임관홍은 퍼뜩 정신을 차렸다.

"헉! 어, 언제……?"

"방금."

놀라 얼굴을 붉히는 임관홍에게 이환은 무심히 대꾸했다. 그는 차가운 시선으로 그녀의 흔들리는 눈을 마주했다.

"어찌할 텐가? 소림승들은 떠났다."

"아, 저는……."

임관홍은 말을 잇지 못했다. 이환은 차가운 모습으로 그녀의 말을 기다렸다. 그녀는 죄지은 사람처럼 고개를 들지 못했다.

얼마나 시간이 흘렀을까. 임관홍은 숨이 막혀왔다.

하고 싶은 말과 해야 할 말이 뒤엉켜 숨골을 억누르고 있는 것 같았다.

기다리던 이환은 말없이 자리에서 일어났다.

"떠나겠다면 막지 않아. 남겠다면······."

이환은 잠시 말을 골랐다.

"뭐, 그것도 좋겠지."

그는 그대로 바깥으로 나섰다. 그는 임관홍의 얼굴이 어찌 변하는지 미처 보지 못했다.

창백하게 질렸던 얼굴에 화색이 돌고, 이어 굵은 눈물방울을 소리없이 떨구는 모습을.

하지만 느낄 수는 있었다.

밖으로 나선 이환은 차가운 모습 그대로 걸었다. 어느 순간, 그는 걸음을 멈췄다.

"···쳇!"

침묵하던 그는 곧 짧게 혀를 차며 고개를 흔들었다.

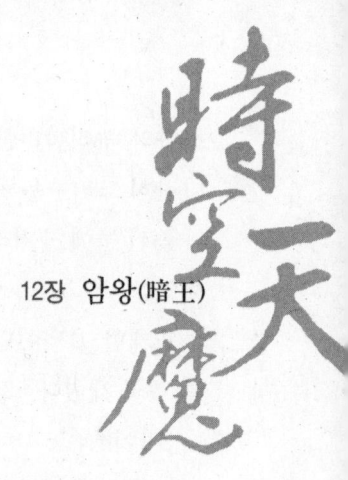

12장 암왕(暗王)

　그곳은 멀리서 보고만 있어도 구토가 일어날 정도로 더럽기 그지없었다. 보는 것만으로도 악취가 코를 찌르는 것 같았다.

　개봉의 관제묘는 그런 곳이었다. 원래라면 관제께 향을 사르러 오는 사람들이 있어야 할 테지만, 언제부터인지 이곳은 거지들의 터전이 된 지 오래였다.

　기억도 나지 않을 만큼 끼마득한 세월이었다. 그러나 강호인들에게 이곳은 그저 냄새나는 거지들의 터전이 아니었다.

　이곳이 바로 천하제일세 개방의 본방이었다. 시커먼 거지

하나와 누리끼리한 거지 하나가 관제묘의 커다란 대문 앞에 나란히 드러누운 채 입이 찢어져라 연신 하품을 했다.

졸린 눈에 생기라고는 전혀 없었다. 있는 것은 오직 졸음뿐이었다.

고개만 끄덕이던 그들은 문득 들려온 다급한 발소리에 귀를 쫑긋 세웠다.

"뭐여?"

귀찮음에 머리를 북북 긁으며 엉거주춤 고개를 들었다. 하얀 비듬 가루가 우수수 떨어져 내렸다.

다른 사람이 봤다면 기함할 광경이었지만, 개방도에게는 당연한 일이었다.

그들의 앞에 그림자 하나가 불쑥 튀어나왔다. 손때로 시커먼 죽봉 하나에 몸을 의지한 짝다리 거지였다. 그는 퉁방울처럼 튀어나온 눈동자를 뒤룩뒤룩 굴리며 드러누운 두 거지에게 배시시 웃었다.

"올만이요?"

"뭐여? 등봉 거지가 여기는 왜 와?"

"왜기는, 분타주님 명으로 왔지."

퉁명스레 쏘아붙이는 대문 아래 두 거지, 개방의 수문쌍절인 흑황쌍개에게 짝다리 거지는 넉살 좋게 대꾸했다.

"뭐, 중요한 일이여?"

흑개가 목덜미를 긁으며 물었다. 검은 때가 시커먼 손톱 아래에 굵게 말려 떨어졌다. 그러자 짝다리 거지는 대뜸 낯을 굳혔다.

뒤룩한 눈은 여전했지만 분위기는 심상치 않았다.

"삼갑(三甲)이여."

낮은 목소리에 흑황쌍개는 눈을 동그랗게 치떴다. 졸음은 간데없었다.

정보의 중요도를 따지는 갑을병정 중에서도 가장 극비를 뜻하는 갑이 세 개, 삼갑.

그들은 군말이 없었다. 나란히 누워 있던 문간에서 엉덩이를 밀어 좌우로 비켜섰다. 짝다리는 배시시 웃으며 냉큼 그 사이로 지나갔다.

"고생하쇼."

"흥!"

뒤에서 들려온 짝다리의 말에 흑황쌍개는 코를 풀 듯 크게 코웃음 쳤다. 하지만 그들의 얼굴은 심상치 않았다.

길고 긴 개방의 역사 중에서도 삼갑으로 분류될 정도의 일은 손에 꼽을 정도가 아니었던가. 아니, 최근 백 년 내에는 한 번도 없었던 일이다.

심상치가 않았다. 너무 오래 조용했던가, 강호가.

커다란 관제묘의 내부에는 천장까지 솟은 거대한 관제상이 있었다. 청룡도를 비껴들고 부리한 두 눈 가득 위엄을 품었으며, 다른 한 손으로는 긴 수염을 받쳐 든 모습이었다.

아무리 관제의 상이라지만 세월의 흔적에는 닳고 닳을 수밖에 없었다.

그 발치에 넝마주이 하나가 잔뜩 웅크리고 있었다. 그 주변으로 마찬가지의 넝마주이들이 모여 있었다. 그 수는 하나, 둘, 셋……. 모두 열이었다.

그곳으로 짝다리는 절뚝거리며 들어왔다. 사람 하나 없는 듯한 그곳에서 짝다리는 들고 있던 죽봉을 바닥에 내려놓으며 조심스럽게 무릎을 꿇었다.

"방주님, 구장로님을 뵙습니다."

그의 목소리가 적막으로 가득한 관제묘에 높이 울렸다. 그러자 한낱 넝마주이로밖에 보이지 않던 것들이 움찔했다. 스르륵 지저분한 넝마가 풀어지며 먼지가 화르륵 피어올랐다.

높은 창가로 스며드는 햇살에 먼지는 반짝였다. 얼마나 먼지가 쌓여 있었던 것인가.

고개를 든 것은 쥐수염에 때가 꼬질꼬질한 거지노인이었다.

거지노인은 멀뚱히 짝다리를 바라보았다. 몇 차례 눈을 깜빡거리던 그는 곧 버럭 소리쳐 물었다.

"야, 짝다리! 네가 여긴 왜 와?"

"에헤헤, 분타주가 보내서요."

짝다리는 다시금 멍청하게 웃으며 대꾸했다. 그러자 다른 넝마주이들이 하나둘 풀리며 비슷한 연배의 노인들이 고개를 들었다.

"뭐? 짝다리가 와?"

"갸가 왜?"

"쟤네 분타주가 누군데?"

졸린 듯 나른한 목소리가 서로 묻고 대꾸했다. 개방의 아홉 용이라는 구대장로들이었다.

관제상 발치에 드러누운 쥐수염 노인이 바로 십만 개방도의 용두방주인 걸왕 본인이었다.

걸왕은 잔뜩 몸에 두른 넝마를 다시 뒤집어쓰며 뼈가 앙상한 목을 좌우로 흔들었다. 우득 하는 소리에 이어 크르륵 하는 소리가 울렸다.

"퉤이!"

누런 가래를 호쾌하게 내뱉은 걸왕은 헛기침을 하고는 짝다리를 바라보았다.

"뭔 일이랴? 뭔데 네놈이 와?"

"헤헤, 분타주 말로는 삼갑이라는데요."

"엥?"

이게 뭔 소리여? 걸왕은 그렇지 않아도 많은 주름을 더욱 찌푸렸다. 짝다리는 그저 웃는 낯으로 닳고 닳은 소맷부리에서 마찬가지로 때가 꼬질꼬질한 죽편을 하나 꺼내 들었다.

걸왕은 귀찮았는지 냉큼 손짓했다. 그러자 짝다리의 손에 있던 죽편이 쏘아진 살처럼 그의 손으로 빨려 들어왔다.

앙상한 손으로 걸왕은 유심히 죽편을 바라보았다. 잔뜩 찌푸린 눈으로 가까이했다가 멀리했다가 몇 번이고 반복하며 걸왕은 겨우 죽편을 읽어 내렸다.

"왜 그래요? 뭔 일인데요?"

다른 장로가 넌지시 물었다. 하지만 걸왕은 쉽게 대꾸를 해주지 않았다. 그는 잠시 엉뚱한 곳을 바라보며 미간 한가운데에 깊은 골을 팼다. 그리고는 다시 죽편을 읽었다. 그렇게 하기를 몇 번.

"이게 무슨 개 방구 같은 소리야!"

걸왕은 버럭 소리치며 죽편을 내동댕이쳤다.

"뭔데? 뭔데 저래?"

죽편이 걸왕의 손에서 벗어나기가 무섭게 기다렸다는 듯 다른 장로들이 냉큼 나서서 손을 뻗었다. 그들의 소매에서 이는 경력에 죽편이 이리저리 튀어 올랐다.

"이것들이 지금 장난하나!"

누구를 향한 일갈인지 걸왕은 벌떡 일어나며 소리쳤다. 동시에 장로 중 하나가 기어코 죽편을 손에 쥐었다.

막 읽어내려는 순간, 걸왕은 대뜸 앞으로 달려 엉뚱한 짝다리를 먹통을 틀어쥐었다.

"야, 인마! 이게 무슨 소리야! 나한 복귀는 또 뭐고 암왕 폐관은 또 뭐야?"

"그, 그야……."

짝다리는 퉁망울 같은 눈동자를 뒤룩뒤룩 굴렸다. 무슨 말을 해야 하나 고민하는 얼굴이었다. 그는 곧 어깨를 으쓱하며 웃어 보였다.

"저한테 물으시면 안 되죠. 전 그냥 발이잖아요."

"끙!"

천연덕스런 그 모습에 걸왕은 앓는 소리를 흘리며 틀어쥔 손을 풀었다. 하긴 짝다리야 개방 최고의 비보(飛步)인 동시에 개방 최고의 바보이기도 했으니.

걸왕은 콧구멍 사이로 뜨거운 숨을 토하며 돌아서 외쳤다.

"당장 소림 방장을 만나야겠다!"

"……."

그의 외침에 구대장로는 대꾸하지 않았다. 아니, 할 수가 없었다. 기어코 죽편을 먼저 보겠다고 달려들어 서로 뒤엉켜 있었기 때문이다.

멀뚱히 바라보는 아홉 시선이었다. 걸왕의 굳은 시선이 점차 일그러져 갔다.

그는 결국 매가리 하나 없는 한숨을 흘리며 얼굴을 감싸 쥐었다.

"에효, 내가 저것들을 장로라고 데리고 있으니. 어이그, 내 팔자야."

짝다리는 눈동자를 데구루루 굴리며 걸왕과 장로들을 바라보았다. 잠시 묵묵히 있던 그는 기어코 한마디를 하고 말았다.

"제가 보기에는 방주님도 똑같으신데요."

"……."

        *   *   *

당가는 침묵에 잠겨 있었다.

암왕의 폐관 때문이었다.

장원, 아니, 궁이라 하여도 이상하지 않을 당가였다. 숨겨진 시설 등을 따지자면 그 규모는 광대함 그 이상이었다.

그 전체가 고요 속에 잠겨 있었다. 살아 숨 쉬는 자들의 조심하는 기척만이 있을 뿐이었다.

당거정은 당가의 옥사에 있었다. 옥사라고 칭하지만 사실은 별실 중 가장 외진 곳에 지나지 않았다. 잠시간의 유폐였지만, 지금 당거정의 심정은 참담하기 그지없었다.

암왕은, 가주는 기어코 암제와 생사를 결할 각오였다. 그렇지 않고서야 이미 완성경에 가까운 만천의 연공을 위해 굳이 폐관에 들 이유가 무에 있단 말인가.

"흐어……."

메마른 눈으로 창밖을 바라보던 당거정은 긴 한숨을 흘렸다. 목숨이 끊어지는 한이 있더라도 말렸어야 했다.

암제는 인간이 아니었다. 인간의 범주로 재어볼 수 있는 상대가 아니었다.

같이 있던 십수는 어찌해 그 점을 깨닫지 못했단 말인가.

이해할 수 없었다. 단순한 무위, 경륜의 차이라고 볼 수는 없었다. 그렇게나 명명백백한 차이를 보였건만.

당거정은 일어나 창가로 다가갔다. 새순이 돋은 별실의 정원에 새 한 마리가 날아와 있았다.

삐로롱… 삐로롱…….

작은 부리를 열어 지저귀는 노란 새는 탁하기 그지없는 당거정의 눈에 그저 비춰지고만 있었다.

"무엇이 그리 두려운가?"

냉막한 목소리. 순간 들려온 그 목소리에 당거정은 딱딱하게 굳어버렸다. 돌아설 엄두가 나지 않았다.

눈앞의 풍경은 분명 색을 지니고 있었다. 노란 새는 여전히 고개를 갸웃거리며 지저귀고 있었다. 하지만 그의 뒤에서 들려온 목소리에는 아무런 생기도 없었다.

반사적으로 잔뜩 곤두선 당거정의 기감에 다가오는 것은 아무것도 없었다.

그러나 목소리는 다가왔다.

"암왕은 고집이 센 자로군."

"……."

당거정은 말할 정신이 없었다. 나갈 수 없는 이곳에 들어온 것부터가 말이 되지 않았다.

그는 머뭇거리며 입을 열어보지만 벌린 입에서 나오는 것은 메인 신음성뿐이었다.

"암왕에게 전하라. 내일 날 밝을 무렵 찾아가겠다고."

"그, 그건……!"

그 말이 끝나기가 무섭게 당거정은 고개를 돌렸다. 하지만 어디에도 사람의 흔적은 없었다. 목소리가 한 말은 그것이 전부였다.

기어코 때가 닥치고 만 것이다.

흔들리는 당거정의 두 눈은 결국 체념이란 것에 굳어갔다. 천근만근의 무게가 동시에 무력한 두 어깨를 내리눌렀다.

그저 말을 전할 뿐, 그가 더 이상 어찌할 수 있는 것은 아무것도 없었다.

당거정은 창백한 얼굴로 천천히 걸음을 옮겼다. 비척거리는 그의 모습에 가까이 당가의 친인들은 놀란 얼굴을 감추지 못했다.

"아, 아니… 어찌……!"

"어찌 유폐에서……!"

유폐된 자가 스스로 밖으로 나선 적은 당가의 긴 역사 중에서 단 한 번도 없었다. 가주령을 정면으로 거역한 것과 다름이 아니었다.

하지만 지금 당거정의 모습에 누구도 그를 막지 못했다.

죽어서 산 자의 모습이었다.

당거정은 문득 걸음을 멈추고 가까이의 친인에게 물었다.

"가주께서는 어디 계신가?"

"폐, 폐관을 풀고 나오신 직후인지라 이제 영령당(英靈堂)에 들어 계십니다."

영령당.

역대 가주들의 위패가 모셔진 곳. 당거정은 고개를 끄덕이며 천천히 걸음을 옮겼다. 그는 답한 당가 문인을 뒤로하고 힘없이 걸었다.

기이함에 휩싸인 당가인들은 섣불리 나서지 못했다. 오직 앞으로 걷는 당거정에게서 평소의 그를 찾아볼 수는 없었다.

도대체 암제라는 존재가 무엇이었기에…….

당거정의 혼란과 불안이 천천히 당가 전체로 번져 가기 시작했다.

암왕은 지극한 고요를 즐겼다. 그가 선 영령당은 당가에서도 특별한 의미를 지닌 곳이었다. 규모로는 겨우 몇 장에 지나지 않았지만, 영령당 주변 십수 장 이내에는 사람이 드나들 수 없었다.

기둥에 지붕만 얹은 영령당은 사면이 뚫려 있었다. 그 한가운데에서 암왕은 조용히 서 있었다. 그의 발치에서 향이 타들어가며 하얀 연기를 높이 올렸다.

암왕은 문득 고개를 들었다. 영령당 정면, 위패들이 자리한 높은 단 위에는 세 개의 편액이 나란히 걸려 있었다.

불망원(不忘怨), 불망은(不忘恩), 불망의(不忘義).

모두가 당가의 근본이었다.

"어떻게 온 건가?"

암왕은 돌아보지 않은 채 말했다. 영령당으로 들어서는 대문 앞에 당거정이 겨우 신형을 가누고 있었다.

"가주님, 암제의 전언입니다."

"……."

그제야 암왕은 고개를 돌렸다. 무슨 말을 하려 하는가. 냉막한 검은 눈동자가 물었다. 긴 거리를 지나서 그의 눈빛은 날카롭게 쏘아왔다.

당거정은 그 앞에 털썩 무릎을 꿇었다.

"고하라!"

암왕은 싸늘히 말했다. 당거정은 지체하지 않고 답했다. 암제에게 받은 전언을 그대로 전했다.

"내일 날이 밝을 무렵, 가주님을 찾아오겠다 하였습니다."

"날이 밝을 무렵……. 좋군."

암왕은 묵묵히 고개를 끄덕였다. 당거정은 고개를 떨어뜨렸다.

암왕은 묻지 않았다. 암제가 어떻게 그에게 말을 전하게 했느지 그런 것은 중요하지 않았다.

암제를 만난다는 것, 그와 설할 수 있다는 것.

그 두 가지가 중요할 뿐이었다. 그 외의 모든 것은 암왕에게는 부차적인 문제에 지나지 않았다. 그의 모든 정신은 암제란 인물 하나에 집중되어 있었다.

두근.

암왕은 문득 가슴속을 울리는 고동 소리에 귀를 기울였다. 길지 않은 세월, 암왕이란 이름으로 군림했다.

그에 걸맞은 상대가 있었고, 그렇지 못한 자들도 있었다.

하지만 한 번도 그 이상의 자와 마주한 적은 없었다.

무당에 권왕이 있어 천하의 제일을 논한다 하지만, 당가의 가주인 자신이 무당까지 찾아갈 수는 없는 일.

소림의 나한이 있어 고금의 제일을 논한다 하지만, 당가의 가주인 자신이 소림까지 움직일 수는 없는 일이었다.

그러던 차에 등장한 암제. 어찌 기껍지 않을 텐가. 감히 완성이란 말을 붙일 수 있는 만천을 펼쳐 보일 수 있는 상대가 드디어 나타난 것이다.

암왕은 진심으로 기뻤다. 한편으로 진정 두려웠다.

이기고 지고, 죽고 살고에 대한 흥분과 두려움이 지금의 고동 소리에 실려 있었다.

암왕은 웃었다.

"오라, 암제여……."

*　　　*　　　*

이환은 피식 입가를 비틀어 올렸다.

"만천이라……."

그는 짤막하게 중얼거렸다. 고개를 돌리자 허공에 떠오른 다른 화면에 무수히 많은 사람들이 바쁘게 움직이고 있었다.

당가의 문인들이었다.

그들의 암기, 용독의 전부가 그 화면 아래에서 펼쳐지고 있었다. 깊숙한 지하에 숨은 당가만의 비고였지만, 투시 카메라의 눈을 피할 수는 없었다.

호접표, 투환비, 청홍쌍주, 염왕정, 절독사 등등 지난 수백년간 당가를 암기, 독의 쌍절로 자부하게 한 뭇 비기들이 이환의 눈에 남김없이 실체를 드러냈다.

무궁화의 분석이 뒤따랐다. 암기의 구조며 독의 성분이 모두 화면에 있었다.

당가의 모든 것이 이환의 눈앞에서 고스란히 헐벗고 만 것이었다.

이환은 웃었다.

암왕을 상대하는 것은 그 자신. 이런 정보는 어쩌면 무용할지도 몰랐다. 그가 암왕에게 허락할 수 있는 시간은 마주하는 찰나에 불과했으니.

이환은 싸늘한 미소를 천천히 지웠다. 날이 밝아오고 있었다.

그가 선 이곳은 사천의 당가타였다.

그의 발아래 당가의 거대한 장원이 아침 햇살에 깨어나고 있었다. 오늘이 당가의 마지막 아침이 될지 그렇지 않을지 결정하는 것은 암왕에게 있었다.

능력이 있으면 살겠지. 그렇지 못한다면……

높은 수목의 가지 위에서 이환은 우뚝 서 있었다. 동녘의
붉은 빛이 눈부셨다.

"가볼까?"

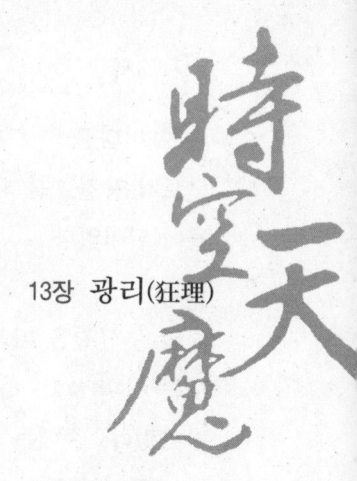

13장 광리(狂理)

진리를 닮아 완만한 봉우리가 보였다.

흐르는 물은 어머니의 양수였고, 우뚝한 땅은 아버지의 등이었다.

소실봉을 바라보는 일백여덟의 눈은 피곤에 가득 차 있었다. 다른 하나의 눈은 비통과 치욕으로 젖어들고 있었다.

백팔나한과 보각이었다.

나아갔던 걸음과는 반대로 놀아오는 걸음은 무겁고 지친 구석이 가득했다. 그들은 감히 숭산을 우러를 수가 없었다.

패배하여 돌아왔으니 어찌 그렇지 않겠는가.

"아미타불……."

보각은 불호를 외며 천천히 신형을 옮겼다. 침묵으로 나한
들이 뒤이었다.

"엇!"

굽은 산길을 따라 오르기를 잠시, 깎은 머리에 파란 빛이
도는 사미(沙彌) 하나가 눈을 휘둥그렇게 뜨며 짧은 함성을
터뜨렸다. 손에는 누구의 심부름이라도 다녀오는 중이었던
지 보퉁이가 들려 있었다.

"탕마전의 사형들 맞으시지요?"

사미가 보퉁이를 내던지듯 내려놓고 빠르게 달려왔다. 나
한들을 바라보는 사미의 눈빛이 혜성처럼 반짝거렸다.

나한들은 음울한 빛으로 사미를 외면했다. 소림의 명예를
더럽혔다는 자격지심으로 하여금 존경의 눈길을 보내는 사미
를 직시할 수가 없었다.

보각 또한 가만히 눈을 감고 속으로 불호를 외웠다.

분위기가 착잡하게 가라앉았다.

하지만 어린 사미가 이런 기분을 읽어낼 수 있을 리는 만무
한 일, 사미가 공손히 합장을 취했다.

"아참, 소제는 요중(了中) 스승님 밑에서 법문을 전수받고
있는 도진(道瓃)이어요."

그때, 보각이 물었다.

"너는 어찌 우리들을 알아보느냐?"

자신을 도진이라고 소개한 사미가 방긋 웃었다.

"요즘은 바깥에서도 그렇고 안에서도 온통 나한 사형님들 이야기밖에 없어요. 그토록 헌앙하게 모습을 나타내셨으니 사람들이 얼마나 놀랐겠어요? 소제도 말로만 듣던 탕마전의 사형들을 실제로 뵈니 사람들이 놀랄 만하다는 생각이 들어 요!"

"그렇더냐?"

보각은 조용히 침음했다.

사미 도진의 음성에는 호의가 가득했다.

이제 곧 이 아이와 소림 전체의 호의를 무너뜨려야 한다고 생각하니 눈앞이 천장단애를 바라보듯 아득하기만 했다.

"이! 이럴 게 아니라 어서 산문으로 드시어요. 탕마전 사형 들이 복귀했다는 것을 알려야겠어요!"

"그래, 그러자꾸나."

보각이 터덜터덜 걸음을 옮겼다.

"내려가셨던 일은 잘되셨어요?"

도진이 종달새처럼 연신 말을 걸어왔다. 사미승의 신분으로 소림이 자랑하는 정예 나한의 사형들을 만나니 감정이 고조된 모양이었다.

보각은 대답하지 못하고 화제를 돌렸다.

"너는 어찌 이 시간에 여기 있느냐?"

도진이 쑥스러운 표정으로 머리를 긁었다.

"호권(虎拳) 수련 중에 농땡이를 부렸거든요."

보각의 눈빛이 이채를 발했다.

"오형권 중의 그 호권을 말하는 것이냐?"

"네."

도진은 대수롭지 않다는 듯 고개를 끄덕였지만, 보각은 물론 나한들도 음울한 기색을 조금은 지운 채 도진을 쳐다봤다.

보각이 생각했다.

'오형권은 십오 세 전후로 연공한다. 한데 도진의 나이는 이제 고작 열 살 내외로 보이니……'

오형권. 동물의 다섯 가지 동작을 응용해 만들었다고 전해지는 권법으로 무종 달마가 창안했다 전해진다.

소림에서는 오형권이라 부르고, 세상 사람들은 따로 소림오권(少林五拳)이라 불렀다.

박대정심한 소림 절예를 연성하는 데 있어 꼭 먼저 연마해야 하는 무공이었다. 권법의 요결도 있지만 신체를 단련하는 비결이 상당히 뛰어나기 때문이었다.

보각은 찬찬히 도진의 근골을 살펴봤다. 부끄럽고 죄스러운 마음이 들어 도진을 제대로 쳐다보지도 않은 그였다.

관심을 가지고 도진을 살펴보길 잠시, 보각의 눈가로 놀라

움이 어렸다.

'좋은 근골이다!'

도진의 체형은 권법을 익히기에 더없이 완벽한 골격을 이루고 있었다.

"네 승명(僧名)이 도진이라고? 스승이 누구더냐?"

"예. 스승님의 승명은 요배의 중 자(字)로 보혜전(普慧殿)을 맡고 계세요."

'고작 보혜전이란 말인가?'

보혜전이라면 학승(學僧)을 양성하는 곳이다. 무예보다는 불법의 무궁함을 한 자라도 더 깨닫는 데 인생을 바치는 곳. 그렇기에 보각의 눈 밑이 찡그려지고 나한들의 표정에 마뜩 찮음이 어린 것은 당연하다 할 수 있었다.

하지만 보각과 나한들의 감정은 전혀 달랐다.

보각은 순수하게 도진의 근골을 생각하여 눈매를 찌푸린 것이었다. 충분히 훌륭한 무재를 법문이나 필사하게 하기에는 너무나 아쉬웠기 때문이다.

그에 반대로 나한들은 도진 자체보다 보혜전이라는 단어로 인해 반응했다. 소림에 존재하는 서로 다른 두 가지 돈오 계파의 차이였다.

나한들은 무승. 연골연신을 통해 돈오한다 믿는다. 하지만 보혜전의 학승들은 무궁한 지혜로 하여금 돈오의 길을 찾는다. 서로 다른 방법으로 같은 길을 걷는 것이다.

'어찌 도진 같은 무재를 학승으로 선별했다는 말인가? 착각을 한 것일까? 배치의 오류가 생긴 것은 아닐까? 있을 수 없는 일이다. 소림의 눈이 이토록 어두웠던가!'

보각은 속으로 생각했다. 만약 자신이 사미들을 배치했다면 결코 이와 같은 실수는 일어나지 않을 터이다.

이것은 마치 권사에게 주먹을 쥐지 못하게 하는 것과 같았다.

보혜전의 학승은 오형권을 끝으로 소림 무학을 연성하지 않기 때문이다. 사실 오형권을 익히는 것도 경서를 읽는 학승들의 체력을 조금이나마 단련시키기 위한 용도일 뿐이었다.

'안타깝구나. 소속이 정해지면 결코 번복되지 않는 것이 소림의 법규. 도진의 재능은 피워보지도 못하는가?'

탄식이 흘렀다. 비보를 전해야 한다는 것에 이어, 이 방실거리는 사미의 미래를 생각하자 보각은 더욱 마음이 천근만근 무거워졌다.

그사이, 소림이 모습을 드러냈다.

"제가 가서 먼저 알릴게요. 천천히 오세요."

도진이 그렇게 말하고 얼른 앞으로 뛰어갔다. 사미의 발걸음은 구름을 탄 듯 가볍기만 한데, 뒤이은 이들의 걸음은 끓는 납 위를 걷듯 고통스럽기만 했다.

"탕마전의 귀산(歸山)을 환합니다!"

소림. 그 위대한 현판 아래로 수많은 승려들이 그들을 환대했다.

"수고가 많으셨습니다, 탕마전의 사형들!"

"나한 사형들을 실제로 뵙게 되다니 오늘은 운이 참 좋구나! 아미타불!"

마중을 나온 승려들은 모두 스물 근처의 청년들과 도진 또래의 사미들이었다.

당연히 나한들을 향한 존경과 호기심이 하늘을 찔렀다.

이것은 마치 전혀 다른 유명인을 보는 듯 이색적이었는데, 그 이유는 나한은 소림의 정예라는 점에 있었다.

나한은 평제자들과는 급수가 달랐다. 금강나한! 진정한 무승으로서 고련을 통해 만들어지는 명예로운 이름이었다. 그렇기에 낮은 배분의 승려들은 소림이라는 뜰에 함께 기거하면서도 한 번도 나한의 얼굴을 구경하지 못한 차였다.

그런 면에서 보각 등을 환영하고 있는 낮은 항렬의 제자들은 운이 무척 좋은 편이었다.

보각은 가만히 합장으로써 환대에 답했다. 자라나는 소림의 싹들을 마주하는 그의 얼굴은 힘겹게 가라앉아 있었다.

'각오는 했지만 정녕 힘겹구나. 아아, 불존께서는 어찌 이리도 냉정하십니까!'

보각의 다물어진 잇새로 짙은 비애가 흘러 지나갔다.

멀리서 도진이 달려왔다. 급했던지 숨을 몰아쉬고 얼굴이 달아올라 있었다.

"헉헉! 방장 대사께서 탕마전의 사형들을 모셔오라 전하셨어요."

나한들의 표정이 일시에 굳었다.

방장의 부름이 떨어졌다. 오는 길이 기껍지 않은 것은 이것 때문이었다.

문초는 두렵지 않다. 형벌도 두렵지 않다. 진정으로 두려운 것은 따로 있었다.

실망!

작게는 임무를 준 방장이, 크게는 소림 전체가 실망할 것이다. 그것은 나한으로 태어남에 있어 어떤 이유로도 해서는 안 될 일이었다. 나한은 소림을 위해 만들어졌기에.

저벅저벅.

보각이 걸음을 옮긴다. 나한은 거부할 수 없는 걸음으로 수치를 밟고 그의 뒤를 쫓았다. 침묵만이 가득하다. 사방이 봄인데 오직 그들의 주변만 삭막한 겨울이었다.

"고생이 많았네."

보연은 웃었다.

인자한 미소였다.

나한들은 고개를 들지 못했다. 죄를 지었다면 바로 지금이 그 순간이었다.

보연이 물었다. 여전히 웃었다.

"탕마전주, 오는 길은 무탈하였겠지요?"

보각은 보연을 쳐다봤다.

나한들과는 반대로 보각의 안색은 무척이나 평온했다. 눈빛은 가라앉은 수면에 한 방울의 먹을 떨어뜨린 듯 무척이나 고요했다.

낮은 항렬의 제자들을 대했을 때와는 전혀 다른 모습이었다.

그 상태로 보각은 말이 없었다.

보연이 다시 물었다.

"탕마진주, 어찌하여 말이 없나요?"

보각이 천천히 합장을 했다.

그의 입에서 우렁우렁한 음성이 흘러나왔다.

"부처를 섬기지 못한 치자(癡者)가 어찌 탕마전주가 되겠는가!"

보각의 양수가 자신의 가슴께에서 만났다.

푸확!

보각의 얼굴 오공에서 핏물이 뿜어져 나왔다.

보연의 눈매가 커졌다. 그때 이미 보연은 공간을 박찬 상태였고, 찰나같이 보각을 향해 일지(一指)를 날렸다.

모든 것은 아주 빠른 순간에 이루어졌다.

보각의 양수가 가슴께에서 만나고, 보연의 신형이 공간을 가르고, 보각의 얼굴 오공에서 핏물이 흐르고, 보연의 일지가 보각의 마혈을 누른 것은.

보각의 신형이 뻣뻣이 굳었다.

좌아악!

뒤늦게 핏물이 바닥에 뿜어졌다.

모든 것이 섬광처럼 벌어진 일이라 나한들은 그때서야 안색을 창백하게 물들였다. 굳건하게 단련된 나한들이지만 이런 상황에서는 어찌할 바를 몰라 식은 동철처럼 몸을 움직일 줄을 몰랐다.

인자하던 보연의 얼굴로 짙은 진노가 어렸다.

"부처의 전당에서 자해를 할 만큼 어리석은 자가 소림에 있었던가!"

우우우웅!

진심으로 분노한 보연의 외침이 숭산 전체를 떨게 만들었다. 순식간에 지근거리에 위치해 있던 호법승들이 몰려들었다.

"아니, 탕마전주가 왜?"

"방장! 무슨 변괴입니까?"

그들이 최초로 본 것은 지저분한 가사 자락에 자신의 피를 흥건하게 적시고 있는 보각이었다.

합장을 한 채 마혈이 짚인지라 피를 뚝뚝 흘리며 서 있는 보각의 모습은 어떤 한줄기 비장함마저 흘러나왔다.

죽음을 각오하고 심맥을 끊던 보각의 마지막 표정이 마혈을 짚임으로써 얼굴에 그대로 남아 있었기 때문이다.

보연은 잠시 보각을 쏘아봤다. 그 무거운 기세에 질문을 던지던 모든 입이 침묵했다.

"스스로 심맥을 끊어 생을 마감하려 하였으니 이 어찌 어리석지 않는가. 아미타불!"

마침내 열린 보연의 입매에 나한들은 고개를 숙였고, 호법승들은 경악을 금치 못했다.

탕마선주 보각이 스스로 자살을 결심했다니!

이것은 과거 범계광불 시절 그 지독한 치번뇌의 광증 속에서도 하지 않은 일이었다.

미쳤을 때도 금한 일을 깨어난 지금 저지르다니!

호법승들은 이해가 가지 않았다. 뒤이어 이해를 할 수도 없었고, 할 필요도 없다고 생각했다.

호법승들의 표정이 싸늘하게 변한 것은 무척이나 빨랐다.

"방장께 아뢰길, 보각을 탕마전주에서 폐하고 다시 참회동으로 구급해야 할 것입니다."

"자신의 생명조차 경시하는 자를 어찌 나한들의 수좌로 삼을 수 있겠습니까?"

"파문함이 마땅합니다!"

호법승들의 음성이 험악하다.

보연은 음성에 실린 것이 적의임을 느끼고 한숨을 내쉬었다

보연은 호법승들의 분노를 이해했다.

이 모든 것에 연유가 있었기 때문이다.

현재 호법승들의 항렬은 홍(弘). 지난날 범계광불이 미쳐 날뛰었을 때 가장 많은 피해를 입은 배분이라 할 수 있었다.

지금은 중년에 들어서 방장 보연의 수신호법을 하고 있다 하지만 그들에게도 과거는 있고 청춘은 있었다. 혁혁한 기대를 받고 자란 무승으로서 홍 자 항렬은 범계광불을 나포하기 위해 무던히도 많은 희생을 겪은 것이다.

범계광불, 보각으로 인해 같은 항렬의 법우(法友)를 잃은 호법승들의 분노는 지금에 이르러 거칠게 타오르고 있었다.

원한은 잊어야 하는 것이 부처의 말씀이건만, 부처는 동문을 살해한 자와 한솥밥을 먹어야 할 이유를 말해주지 않았다.

'아미타불. 윤회란 이런 것이로다.'

보연은 혀를 찼다.

윤회(輪回).

둥근 수레가 돌아가는 것.

벗어남도 없고 이탈함도 없다.

이것은 인간이 겪어가는 수행의 길이다.

공평무사한 회(回)의 굴레.

행복을 겪었다면 행복은 돌아올 것이고, 고난을 겪었다면 고난은 다시 돌아온다.

후회도 고통도, 이별도 환희도…….

살며 겪은 모든 것은 윤회의 바퀴에 굴러 다시 돌아온다.

그렇기에 부처는 살며 후회하지 말라 하였고, 번뇌하지 말라 하였다. 다시는 겪지 않기 위해서다.

행자의 입장으로 부처의 말씀을 착실히 따랐다면 해탈할 테지만 장내의 누구도 그렇지 못했다. 천하불종(天下佛宗)의 본산 소림사임에도 불구하고.

과거의 분노가 굴레를 타고 다시 나타났고, 지난날의 과오가 다시 나타났다. 모든 것은 퇴색되는데 윤회 속은 모든 것을 어제의 것인 양 선명하게 만드는 힘이 있었다.

세월을 먹고 단련에 게으름을 부리지 않았음에도, 주화입마에서 빗어나 진실로 후회하였음에도 굴레는 멈추지 않았다.

보각도 호법승도 윤회의 굴레를 벗어날 수는 없었다. 윤회란 죽어서도 계속되는 절대의 흐름이기 때문이다.

'과거에 시작된 윤회의 바퀴를 내가 어찌 멈출 수 있겠는 가.'

보연의 마음이 우울해졌다. 덕분에 보각을 향한 격한 분노가 많이 줄어들었다. 보각이 겪은 마음고생이 어느 정도 추측되었기 때문이다.

"호법승들은 보각을 제심전(齊心殿)으로 옮겨 치료토록 하고, 나한들은 일인을 남기고 모두 탕마전으로 복귀하시오."

"명을 받들겠습니다."

명이 떨어진 이상 받드는 것이 상명하복의 원칙.

호법승들이 보각을 붙잡고 물러났다.

나한들도 조용히 나갔다.

한 명의 나한이 남아 보연에게 고개를 숙였다.

"제자 승과, 탕마를 이룩하지 못한 것에 더없는 형벌을 원하나이다!"

절절함이 가득 담긴 죄의 울분이었다.

보연은 승과를 향해 가만히 웃어 보였다.

"제자 승과는 괘념치 말게."

"예?"

승과는 당혹하여 보연을 직시했다가 얼른 다시 고개를 숙였다.

"자세한 이야기를 들려주게나."

보연이 물었고, 승과는 답했다.

그가 기억하는 모두를 떠올려 말했다.

보연은 가만히 경청했다. 승과의 이야기에 정신을 집중하여 이야기가 이어진 일각 동안 손가락 하나 움직이지 않았다.

"음."

이야기가 끝나고서야 보연은 낮게 고개를 끄덕였다.

승과는 조용히 고개를 숙이고 서 있었다. 어두운 낯빛을 숨기지 못했다.

보연은 가만히 눈을 감았다.

여러 상념이 그를 사로잡는다. 그리고 스쳐 간다. 그러나 그의 모습은 담담하여 아무런 일도 없는 듯했다. 보연은 곧 인자한 미소와 함께 말했다.

"승과, 수고했네. 탕마전으로 가 여독을 풀게."

"명을 받듭니다."

승과는 묵묵히 보연의 말에 따랐다.

나가는 승과의 어깨가 굽어 있음을 보며 보연은 혼잣말을 뇌까렸다.

"인간으로 신괴 대적하였으니 나한들의 사기가 저하됨이 당연한 일……. 하나 이 기회를 호재로 삼아 절차탁마한다면 나한은 능히 본사의 재인으로 우뚝 설 것이 확실하구나."

보연의 눈에 측은지심이 어렸다.

사조성을 한낱 마인으로 알고 일전을 벌인 나한들이 그저 측은할 따름이었다.

이는 보연 자신의 불찰이었다. 하지만 이를 계기로 나한들이 더욱 성장할 수 있는 밑거름이 되리라 확신했다.

그들은 소림의 나한이 아닌가.

보연은 문득 보각을 떠올렸다. 부처의 은혜를 입었으되 사조성의 그늘에 덮였다. 보각은 보연이 생각하기에 가장 고된 길을 걷고 있는 행자였다.

"아미타불, 보각 그대는 정녕 고된 수도(修道)를 걷는구려."

언뜻 보연의 눈가에 부러움이 어렸다.

행자의 길이 고되다 하면 그만큼 불존의 관심을 받고 있다는 뜻과 같았다. 부처의 길은 결코 쉽고 편안하지 않아서 힘겹고 고통스러울수록 더욱 그 길에 가까워지기 때문이다.

오직 불교적인 사상으로 가득한 보연이 생각하기에 보각은 필시 크게 될 인물이었다. 어쩌면 전생에 부처였을지도 몰랐다.

그렇지 않고서야 어찌 인간이 흉신이라고는 하지만 사조성과 인연이 닿을 것이며, 불존의 부탁으로 주화입마를 벗어날 수 있겠는가!

    물론 당사자인 보각은 절대 그렇게 생각하지 않을 것이고, 이 모든 사기극의 배후인 이환은 차가운 냉소만을 지을 터이다.

    하지만 보연은 이것을 모르니 생각할수록 보각이 부럽고 부처가 실제로 존재한다는 증거에 가슴이 뿌듯하기만 할 뿐이었다.

    보연은 하늘을 향해 깊이 합장했다.

    "아미타불. 불존이시여, 부디 소림을 더욱 보살펴 주시옵소서!"

    기도가 허공에 맴돈다. 마치 전단향처럼.

                    *   *   *

    "쿨룩쿨룩!"

    정신을 차리니 낯선 천장이 보였다. 보각은 얼른 신형을 일으켰다.

    "으음!"

    상체를 일으켰을 뿐인데도 가슴에 격통이 강하게 밀려들었다. 보각은 얼굴을 찡그리며 심장을 부여잡았다.

    "쉬이 움직이지 마시오. 소환단까지 복용한 환자를 흙에 묻기는 싫으니까."

방문이 열리고 백미의 노승이 들어왔다. 청의를 걸친 그는 전형적인 의원의 복색이었다.

"드시오."

노승이 한 손에 들고 온 탕약 그릇을 내밀었다. 보각은 가만히 노승을 응시했다.

"팔 떨어지겠소."

노승이 퉁명스럽게 말했지만 보각은 탕약을 받아 들 생각은 않고 도리어 반문했다.

"그것이 사실입니까?"

노승이 고개를 갸웃했다.

"뭐가 말이오?"

"정녕 빈승이 소환단을 복용하였습니까?"

"소림 방장이 내게 한 알 준 게 개똥이 아니라면야 정말 복용한 게 맞소."

노승이 건성으로 대답했다.

"으음……."

보각은 눈을 내리깔고 침음했다.

심맥을 끊어 목숨을 멈추려 했다.

배덕자에 이어 패배자가 되어 어찌 살아 있기를 바랄 수 있겠는가! 구차하고 조악한 목숨, 스스로 끊어 정명한 소림승들의 손을 더럽히지 말자고 각오한 몸이었다.

한데, 방장의 신묘한 일지선 공부로 인해 심맥이 채 완전히 끊어지기도 전에 혈도를 점혈당해 공연히 방장의 손을 더럽힌 것도 모자라 소림의 영약인 소환단까지 자신에게 사용되었다고 하니 보각으로서는 염치가 없어 감히 숭산에 지저귀는 산새 한 마리까지 제대로 쳐다볼 수가 없는 마음이 되었다.

'부처께서는 너무하시구나. 타락한 행자에게 지옥조차 과하다는 말씀이신가!'

보각은 탄식을 금할 수가 없었다. 모멸스러운 감정이 부동존의 염열보다 더욱 뜨겁게 그를 태웠다.

"어서 받으시오!"

퉁명한 음성이 보각을 모멸의 불덩어리 속에서 깨웠다.

백미의 노승이었다. 손에 들린 탕약이 거의 보각의 면전까지 다가와 있었다.

보각이 탕약을 건네받았다.

탕약을 건넨 노승은 곧장 몸을 돌렸다.

"보름 정도 꼼짝 말고 누워 있으면 운공도 할 수는 있을 거외다. 그전까지는 엄두도 내지 마시오."

노승이 방을 벗어났다.

"후우! 질긴 목숨… 그나마도 빚만 지는구나."

보각은 잠시 검은빛 탕약을 잠시 응시한 다음 입가로 가져가 천천히 마시기 시작했다.

   적당히 햇살이 쬐는 정오에 보각의 입원실로 보연이 찾아
왔다.

   보각은 묵묵히 고개를 숙이고 그를 맞이했다.

   보연이 준엄한 표정으로 보각을 꾸짖었다.

   "불살계가 무엇인가?"

   "쉬이 앗지 않고 쉬이 거두지 않는 것입니다."

   "그럴 아는 사람이 이러한가!"

   쿵!

   보연이 발을 굴렀다. 내공을 담지 않은 동작이었지만 보각
의 마음이 흔들렸다.

   "다 잊게."

   보연의 말이었다.

   보각은 묵묵히 침묵했다.

   보연이 재차 말했다.

   "소림도 잊을 것이네."

   보각은 고개를 번쩍 치켜들었다.

   "그럴 수는 없습니다!"

   "그만 하게."

   "방장께서는 어찌 그런 말씀을 하실 수 있습니까? 비록 재

주없는 죄인은 실패하였지만 더욱 수련하여 소림의 힘을 집중시키면 그 또한 인간이기에 정법 앞에 어둠이 없음을 인정하고 말 것입니다!"

보각이 열변을 토했다.

보연은 내심 고개를 저었다.

"물론 인간이라면 그럴 터이지. 하지만 그 때문에 흘릴 소림의 피는 생각지 않는가?"

"탕마를 위해서라면 응당 각오해야 할 부분이지 않습니까?"

보각이 도리어 호통을 쳤다.

"정종이 어찌 마의 종과 같은 하늘을 일 수 있습니까? 방장께서는 정녕 그렇게 생각하십니까? 마를 벌하지 않는 것이 불존의 뜻이라 생각하는 것입니까? 어찌 그러실 수 있습니까! 마는 이 세상에 존재해서는 안 될 사특한 힘입니다!"

마.

정확히 말해 한 사람에 대해 보각은 지나치게 예민하다.

보연은 고개를 저었다.

"빈승은 일인의 승려이기 이전에 대소림의 방장일세. 천년을 이어온 소림의 명맥이 당대에서 위태롭게 만들 수는 없음이네."

"탕마를 위해서입니다!"

보각의 외침에 보연은 고개를 저었다.

"아닐세. 그는 마인이 아닐세."

그!

이환에 대한 이야기가 나오자 보각의 눈에 어떠한 열기가 치밀어 올랐다.

"그게 무슨 말씀입니까?"

보각의 음성이 딱딱해졌다.

보연은 이윽고 이제껏 보각과 나한들이 오기까지 마음속에 혼자만 품고 있던 이야기를 꺼내 들었다.

"빈승은 그를 만났네."

보각의 눈이 커졌다.

"그럴 수가! 어찌……!"

보연이 이어 말했다.

"그는… 결코 마인이 아닐세. 내 이름을 걸고 자네에게 약속할 수 있네."

"방장께서는 무슨 말씀을 하시고 계십니까!"

보각이 절규하듯 물었다.

마인을 향해 마인이 아니라고 하다니! 보각은 정녕 자신의 귀를 의심했다. 더욱이 그 말을 한 대상이 존경해 마지않는 보연이었다. 더러운 환청을 들은 것만 같아 차라리 귀를 후벼 파고만 싶어졌다.

보연이 보각의 눈을 응시하며 말했다.

"자네는 들어보았나? 인간의 삶과 죽음을 관장하는 사조성에 대하여."

보각은 잠시 대답하지 않았다. 갑작스레 주제에 벗어나는 질문을 예측할 수 없어서였다.

하지만 보각은 생각했다. 보연은 결코 허튼소리를 하지 않는다. 보연은 주제에 벗어나지 않았다는 것을.

보각이 신음처럼 헛숨을 들이켜며 물었다.

"설마……?"

보각의 물음에는 짙은 불신이 담겨 있었다.

신이라니!

인간이 신이라니!

그가 깨달았단 말인가!

믿을 수가 없다! 신은 오직 부처가 유일하고, 부처는 오랜 공부를 통해 얻을 수 있는 행자의 권리다!

보각은 진리를 찾듯 보연을 쏘아봤다. 지난날 족쇄에 묶여 이런 눈으로 그를 응시했었다. 하지만 지금 그 마음이 간절하지 않은 것은 믿을 수 없는 이야기를 전해 들었기 때문이다.

바랐건만, 되지 않기를 바랐건만…….

"그는……."

보연의 고개가 천천히 끄덕여졌다. 혼란에 물든 보각을 뒤로하고 보연은 다른 말 없이 자리를 벗어났다.

닫힌 문을 보각은 멍청히 바라보았다.

밖으로 나선 보연은 후 짧은 한숨을 흘렸다. 번뇌하라, 고
뇌하라, 이겨냄으로써 정법이 그대를 기다릴 터이니.

보연은 씁쓸한 미소를 머금은 채 닫힌 문을 바라보았다.

보각 그의 얼마나 고뇌가 클지 그로서도 미처 짐작키 어려
웠다. 하지만 보연은 그를 믿었다. 굳게 이겨내어 다시 소림
을 빛내리라.

"나무아미타불, 관세음보살……."

맑은 불호성과 함께 보연은 수중의 굵은 염주를 굴리며 걸
었다.

홀로 남은 침묵의 공간 속.

보각은 좌정한 채 눈을 감고 있었다. 얼마나 시간이 흘렀을
까. 어느 순간, 보각의 얼굴로 커다란 감정의 기복이 울컥 묻
어 나왔다.

번쩍!

보각은 눈을 떴다.

그는 소리없는 비명을 질렀다.

'거짓! 거짓이다! 결코 그는 신이 아니다! 방장은 삿된 마

에 홀려 넘어갔구나!

화아악!

새파란 안광이 치솟았다.

보각이 음울하게 중얼거렸다.

"세상의 모든 사마를 멸해 오직 정법만을… 오직 정법만을……."

안광이 사그라지며 그 자리로 격한 감정이 떠올랐다. 격정은 서서히 동공을 잠식해 나갔다.

'빈승을… 이 보각을…….'

거대한 감정이 그의 뇌리로 치솟았다.

곧게 뻗은 허리는 서서히 굽어졌으며, 넓은 어깨가 서서히 좁아졌다. 맑게 뜨인 두 눈은 언제 정광을 머금었냐는 듯 극히 사악하고 탐욕스러운 그늘로 뒤덮여 갔다.

기질이 변했다.

담담했던 연화향은 코를 찌르며 악취가 된다.

상처 입고 혼자 된 이 순간, 그의 변화를 제어할 사람은 누구도 없었다.

그때였다.

마가 굴종해야 하지, 불의(佛意)가 굴종해서는 안 된다.

보각의 눈으로 노기가 어렸다. 노안에 어린 청명이 빠른 속도로 힘을 잃었다. 동공에 떠오른 감정의 기복은 급박할 정도로 순식간에 이루어졌다.

빠드득!

보각은 이를 악물었다. 그는 성난 곰처럼 가슴을 헐떡이고 있었고, 화상에 녹아내린 듯 표정을 일그러뜨리고 있었다.

이것은 자신도 모르는 행동이었다.

그는 이성을 잃어가고 있었다.

'탕마… 제마(制魔)… 멸마(滅魔)!'

점혈로 멈춰 있던 기혈들이 요란스럽게 움직이기 시작했다. 분노는 보각을 격하게 후려쳤다.

세찬 파도가 때리는 육신은 노도(怒濤)를 견딜 만한 굳건함이 없었다. 있다 해도 점점 사라져 가고 있었다. 어쩌면 아직 돌아오지 않았을 수도 있었다.

"나무아미타불 관자재보살……."

보각의 비틀린 입매로 불호가 흘러나왔다. 그것은 마치 짐승의 목울음소리였다. 그 어디에도 불존을 향한 경배는 담겨 있지 않았다.

『시공천마』 5권에 계속…

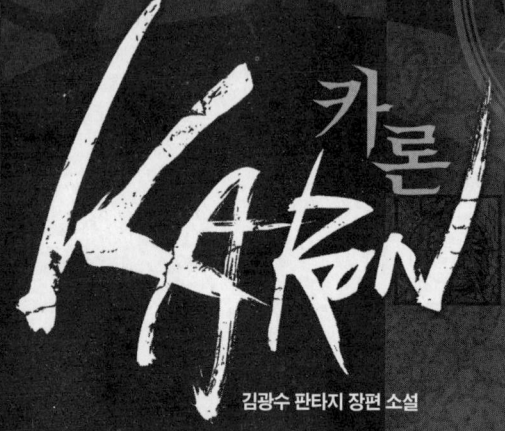

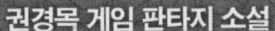

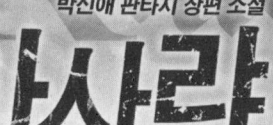

潛行武士
잠행무사

김문형 新무협 판타지 소설

"흑랑성에 들어간 사람 중에 다시 강호에 나온 이는 없다."

서장 구륜사와의 결전을 승리로 이끌며 중원무림에
홀연히 나타난 문파 흑랑성(黑狼城).
그러나 흉흉한 소문이 사실로 드러나 무림맹으로부터
사파로 지목받고 멸문당한다.

그로부터 일 년 뒤.
강호의 은인을 정리하고 금분세수를 하려는 청위표국의 국주 송현은
마지막으로 무림맹의 의뢰를 받아들인다.
그것은 바로 금지 구역 흑랑성에 잠행하는 일.

송현은 무림에서 외면받는 무사 네 명을 선출하여
소림승 진광과 함께 흑랑성에 들어간다.
흑랑성의 비밀이 하나씩 드러나면서 밝혀지는 진실은
그들을 목숨을 건 사투로 끌어들여 가는데……

**액션스릴러로 만나는 무협
잠행무사!**

유행이 아닌 자유추구 -
WWW.chungeoram.com
Book Publishing CHUNGEORAM

무영무쌍

김수겸
新무협 판타지 소설

그림자도 찾기 힘들고[無影],
가히 대적할 자도 없다[無雙]!
강호의 절대고수 무영무쌍!

청설위국의 위사 진세인,
그를 찾아오는 수많은 사람들.
그를 원하는 수많은 세력들.

거대한 음모의 소용돌이 속에서
그는 그를 버렸던 용부를 지켰고,
그에게 검을 겨눴던 무림맹과 십만마교를 구해냈다.

모든 것을 가졌던 황제가 끝까지
갖지 못했던 단 한 사람!
위사 진세인과 동료들의
강호행이 시작된다!

유행이 아닌 자유추구 -
WWW.chungeoram.com

Book Publishing CHUNGEORAM